셜록의
아류

셜록의
아류

최윤석
소설

네오
픽션

차례

셜록의
아류

"신이 된 기분은 어떤가요?"

흰머리의 남자가 맞은편 의자에 앉아 있는 젊은 남자에게 물었다.

"말할 수 없이 짜릿하죠."

남자는 미묘한 미소를 지으며 답했다. 천장에서부터 길게 늘어진 알전구 하나가 좌우로 느릿하게 흔들리면서 남자의 얼굴에 강렬한 음영을 자아냈다.

"어째서요?"

"모르는 것 하나 없으니까. 상대가 말하기도 전에 모든 걸 알 수 있으니까."

남자는 한쪽 입술을 추켜올리며 말했다. 금속 테이블에 반사된 그의 안광이 깊은 바다를 떠도는 심해 생물처럼 형형하게 빛났다.

"현식 씨, 그러면 당신은 언제부터 신이 되었나요?"

"글쎄요, 이걸 어디서부터 말해야 할지……."

현식은 생각을 고르듯 제 턱을 가만히 매만졌다. 까끌까끌한 수염이 그의 손톱 끝을 간지럽혔다.

두 남자가 테이블에 앉아 대화를 나누는 모습을 한 여자가 창 너머에서 바라보고 있었다. 여자는 유리창에 바짝 붙어 이마를 기댄 채 그들을 유심히 바라봤다. 얼마나 가까이 붙었는지 반투명 유리창에 그녀의 하얀 입김이 간간이 서렸다.

"그래요, 거기서부터 시작해야겠네요. 여섯 살 때, 그때부터 저는 세상을 알았죠."

현식이 입을 열자 터틀넥 니트를 입은 초로의 남자는 자세를 고쳐 잡고 현식에게 고개를 기울였다.

*

자신을 신이라고 말하는 남자의 이름은 정현식. 현식의 부모는 어린 제 아들이 천재라고 생각했다. 또래 아이들이 리코더로 〈나비야〉를 연습할 때 현식은 바이올린으로 베토벤의 〈비창〉을 감미롭게 연주했고, 남들이 『사회과부도』에 색칠 놀이를 할 때 지구본에서 리히텐슈타인의 위치를 정확히 짚어냈으니까.

"아무래도 우리 아들을 영재학교에 보내야겠어."

현식의 부모는 그들의 친구들이 놀러 올 때마다 그렇게 아들을 치켜세웠다. 덕분에 현식은 몇 번이나 어른들에게 불려가 빙빙 돌아가는 지구본 앞에서 그들이 외치는 나라를 찍어야 했다. 현식은 대부분 위치를 맞혔지만 간혹 틀린 적도 있는데, 그럴 때마다 어른들은 "얼굴도 잘생긴 녀석이 인간미까지 있네" 하며 어린 현식의 머리를 쓰다듬곤 했다.

한번은 현식의 삼촌이 물었다.

"우리 천재, 현식아! 올해 내 운수 좀 봐주라. 이번에 정미 사업을 시작했는데, 어때? 돈 많이 벌 것 같으냐?"

"네, 확실히 많이 벌 것 같아요. 그런데 그만큼 많이 나가요."

"왜? 지출이 많을까?"

"아니요. 바람피우다가 숙모한테 걸려서 이혼당하거든요."

어린 현식이 아무렇지도 않게 말하자 삽시간에 공기가 얼어붙었다. 다들 어찌할 줄을 몰라 눈치만 보고 있는데 삼촌이 애써 호탕하게 웃었다.

"하하…… 녀석이 농담도 잘하네."

"죄송해요. 애랑 같이 맨날 아침드라마를 봐서 그런가 봐요."

그러면서 현식의 모친은 어색하게 웃었다. 나중에 삼촌이 돌아가자마자 그녀는 현식의 엉덩이를 때리며 도대체 왜 그런 쓸데없는 말을 했냐고 모진 말을 퍼부었다. 현식은 느낌 그대로 말했을 뿐이라고 항변했다.

현식의 부친이 물었다.

"뭘 보고 그렇게 느낀 건데?"

"전에 봤을 때보다 삼촌 손목시계가 더 반짝였어. 아마도 좋은 거 새로 샀나 봐. 그게 여자한테 잘 보이려는 행동 아니야?"

"인마, 그런 게 억측이야. 앞으로 그런 말 함부로 하면 안 된다, 알겠지?"

하지만 현식의 말은 마치 예언처럼 곧 사실이 되었다. 삼촌은 그해 거래처 여직원과 바람피운 게 걸려서 이혼소송장에 도장을 찍었으니까. 현식의 부모는 놀라워하다 못해 감탄했다.

"현식이한테 정말 초능력 같은 게 있는 거 아닐까?"

"그럴 리가……. 우연이겠지?"

"역시, 나를 닮아서 똑똑해."

"아니, 나 어릴 때랑 똑같아. 날 닮은 거야."

부부는 한쪽에서 과학잡지를 보며 눈을 밝히는 어린 아들을 바라보며 대견스럽다는 듯 웃었다. 현식의 모친은 남편에게 현식을 영재학교에 보내자고 끈질기게 설득했으나, 남편은 괜히 그런 데 보냈다가 왕따를 당할지도 모른다며 우선 조금 더 지켜보자고 했다.

"잘생긴 우리 아들, 지금처럼만 자라서 나중에 세상을 빛나게 해주렴."

"하버드는 등록금이 너무 비싸니까 부디 서울대학교에 만족해주렴."

그러나 세상은 녹록지 않았다. 어느 순간 현식의 얼굴은 간척사업을 하듯 점점 넙데데해졌고 그 위로 도톨도톨한 여드름이 들어섰다. 그동안 현식을 짝사랑했던 여학생들은 야속하리만큼 잽싸게 등을 돌렸고 성적 역시 마찬가지였다. 중학생 때까지만 해도 전교 상위권에서 놀던 그의 성적은 고등학생이 되자 곤두박질치기 시작했다. 이전에는 공부를 하지 않아도 대충 감으로 문제를 풀 수 있었는데, 어느 순간부터 답이 보이지 않았다. '초능력이 사라졌나? 밤새 게임만 하다 보니 체력이 떨어진 건가?' 그것보다 시험문제가 '사지선다'에서 '오지선다'로 바뀐 게 가장 큰 이유라고 그는 판단했다.

결국 현식은 부모의 기대와는 거리가 먼, 충청도 소재의 한 국립대학교에 입학했다. 그러자 현식의 부모는 서로의 두뇌를 비난하다가 어쩔 수 없이 '콩 심은 데 콩 난다'는 멘델의법칙을 인정할 수밖에 없었다.

"역시, 당신 골 빈 머리를 닮아서 그래!"

"아니, 당신 그 까진 머리는 어떻고!"

현식은 이게 다 그의 아버지 때문이라고 생각했다. 엄마 말대로 어렸을 때부터 차근차근 영재교육을 받았으면 자신이 이렇게 되지 않았을 거라고, 재능을 낭비해서 이렇게 벌받는 거라고 억울해했다.

그는 스물여섯에 취직하자마자 집을 떠났다. 현식의 부모는 그를 잡지 않았다. 아니, 오히려 이 년간의 백수 생활을 청산하고 아들이 집을 떠나자 홀가분하기까지 했다. 그동안 기대가 너무 커서였을까? 봉황의 알인 줄 알고 애지중지 키웠더니 메추리가 되어 나간 아들을 더는 보고 싶지 않았다.

평범한 초등 교재 출판사에 다니는 현식은 아직도 스스로를 포기하지 않았다. 잠시 시대를 잘못 만났을 뿐, 조만간 자신의 천재성이 만천하를 빛내는 날이 올 거라고 그는 믿어 의심치 않았다. 그날이 되면 왜 지금까지 그 천재성을 숨기고 살았냐며 기자들이 각종 방송사 로고가 달린 마이크를 앞다퉈 내밀어 인터뷰 요청을 할 것이고, 그를 버린 부모는 조금만 더 데리고 살았으면 '따상'이 아니라 '따따따상'이었을 거라고 손수건을 흠뻑 적시며 엄청 후회할 것이다. 워런 버핏이 '오마하의 현자'라 불리듯 자신도 '양평동의 현자'라고 불리며 국가의 대소사가 있을 때마다 정재계 인사들이 조언을 구해 올 것이라 현식은 굳게 믿었다.

하지만 현실은 너무나도 암울했다. 경리는 자꾸 현식의 월급만 늦게 주는 것 같았고, 사장은 "내가 널 얼마나 아끼는지 아느냐!"면서 술자리에서는 사랑한다고 볼에 뽀뽀까지 했지만. 현식이 그렇게 부성애를 기대하며 찾아간 다음 날, 사장은 결재 서류에 빨간 엑스 자를 직직 그으며 파일 모서리로 현식의 정수리를 찍어버릴 것처럼 지독히도 쌀쌀맞게 대했다. 그것도 부성애 표현의 한 종류라면 할 말은 없으나, 현식이 바란 건 분명 그런 종류의 부성애는 아니었다.

어느 날 평소처럼 혼자 점심을 먹고 회사 주위를 배회하던 현식은 편의점 앞에서 담배를 피우는 직원들의 수다를 우연히 듣게 되었다.

"〈셜록〉 이번 화 대박이더라."

"그러니까, 완전 재미있지! 사람이 어떻게 그럴 수 있지? 진짜 천재인가?"

천재인가! 이 네 음절이 현식의 마음에 커다란 파장을 일으켰다. 그 파장의 동심원은 그가 사무실에 돌아가자마자 '셜록'이라는 단어를 구글링하게 했고, 나무위키에 올라온 글을 다섯 번이나 정독하게 했으며, 칼같이 퇴근하자마자 밤새 〈셜록〉의 전 시리즈를 쉼 없이 달리게 했다. 덕분에 기름 범벅이 된 그의 머리에서는 시큼한 폐식용유 냄새가 풍겼고, 그의 눈은 석류즙이 사방에 튄 것처럼 실핏줄들이 가지 쳤다.

〈셜록〉을 보면서 현식은 직감했다. 앞으로 그의 인생이 180도 달라질 것임을. 드라마 속 '셜록'은 어떤 인물을 한번 스캔하면 몇 초 만에 상대에 대한 많은 정보를 유추해냈다. 반지의 상태를 보고 그 주인이 얼마나 오래 결혼 생활을 했는지, 행복한 가정을 꾸리고 있는지, 심지어는 불륜 상대까지 추리하고 맞혔다. 초능력 같은 '셜록'의 관찰력에 현식은 온몸에 소름이 돋는 것을 느꼈다. '나도 저랬었는데……'

드라마를 통해 현식은 잃어버렸던 자신의 능력을 오랜만에 조우한 느낌이었다. 문득 예전에 자신을 경이로운 시선으로 바라보던 어른들의 표정이 떠올랐다. 그는 생각했다. '어쩌면 나도 슈퍼맨 같은 존재가 아닐까?' 오랫동안 자신의 숨겨진 힘을 몰랐던 클라크 켄트가 위기의 순간 제 능력을 알게 되고, 결국 세상의 정의를 위해 날개를 뻗었듯 자신도 언젠가 그렇게 될 거라고 말이다.

'그래! 나라고 셜록이 되지 말란 법 있어?'

자전거를 오래 타지 않았다고 해서 자전거 타는 법을 잊지 않는다. 꽁꽁 언 얼음 아래로 물줄기는 흐르듯, 동결되었던 DNA를 한번 깨주기만 하면 된다.

현식은 상상했다. 셜록이 된 자기 자신을. 겨드랑이에서 조금씩 돋아난 깃털을 펼치기만 하면 공작새처럼 화려하게 날갯짓하는 자신의 모습을. 지구본을 돌리지 않아도 뛰어난 '추리'

하나로 전 세계 곳곳을 누비는 자신의 모습을! 그러니 더 늦기
전에 해야 했다.

그다음 날부터 현식은 자신의 능력을 테스트하기 시작했다.
첫 번째 실험 대상은 회사 경리였다.

"미정 씨! 오늘 옷이랑 어제 옷이랑 똑같은데, 혹시 일하느
라 집에 안 간 거예요?"

첫 번째 추리가 들어맞았는지 미정은 얼굴을 붉히며 밖으로
뛰쳐나갔다. 스타킹 색깔이 바뀐 건 눈치채지 못했지만 그래
도 현식은 제 추리력이 녹슬지 않았다는 데 희열을 느꼈다. 그
런 식으로 그의 무작위 테스트는 계속되었다. 이번에는 설비
담당 직원이었다.

"영진 씨! 왼손잡이죠?"

"네? ……네."

"왼쪽에 있는 전원 콘센트를 사용했고, 종이와 펜도 전화기
왼쪽에 있잖아요."

"맞아요, 어떻게 아셨어요?"

영진은 살짝 놀란 표정으로 고개를 끄덕였다. 그때 현식의
말을 엿듣던 다른 직원이 끼어들었다.

"그거 〈셜록〉에 나오는 대사 아니에요? 세 번째 에피소드였
던가?"

현식은 얼굴을 붉혔다. 드라마를 하도 많이 보다 보니 자신도 모르게 드라마 속 '셜록'의 말투를 따라 하고 만 것이다. 그는 재빨리 자리를 피했다.

그렇게 이 주가 넘는 시간 동안 주변 사람들을 추리한 끝에 현식은 꽤 많은 성과를 얻어냈다. 쉬쉬하던 사내 커플을 만천하에 공개했고, 회사 영수증을 모아 인사과 대리가 작년부터 두 집 살림을 하고 있다는 것도 밝혀냈다. 예전에는 눈도 제대로 못 마주치던 사람이 갑자기 자신들의 신상을 까발리고 다니자 직원들 모두 현식을 벌레 보듯 바라봤다. 하지만 그러면 그럴수록 현식의 어깨에는 뽕이 들어갔다. 그들의 표정이 바로 〈셜록〉의 조연들과 똑같았으니까.

'그래, 이제 나 정도면 셜록 못지않아!'

어느 정도 자신감이 붙은 현식은 현장에 나가기로 했다. 주변 사람들을 추리하는 건 이제 너무 쉬웠다. 난도를 높여 일면식도 없는 사람, 사전 정보가 전혀 없는 사람을 스캔해보고 싶었다. 마치 내내 스크린골프만 치다가 필드에 나가게 된 마음으로 현식은 시내버스에 올랐다. 그러나 낭패였다. 앞자리에 앉아서 몇 번이고 뒤를 돌아보는 모양새는 영 이상했고, 그렇다고 맨 뒤에 앉으면 승객들의 뒤통수밖에 보이지 않았으니까. 현식은 작전을 바꾸기로 했다. 버스에서 내려 지하철역으로 향했다. 몇 호선을 탈까 고민하다가 순환선이 좋을 듯해 2호선을 택했다.

현식의 예상대로 역시 지하철은 여러모로 '추리'라는 배양균을 싹틔우는 데 최적의 실험실이었다. 차가운 알루미늄 의자에 앉아 맞은편 사람을 마음껏 쳐다봐도 그 누구도 의심하지 않았고, 지하철이 만석일 때면 그의 앞에 선 사람들의 가방이나 핸드폰에 걸려 있는 액세서리를 바로 코앞에서 관찰할 수 있었다. 그때부터 현식은 퇴근할 때마다 한 명씩 타깃을 정해 그의 삶을 유추했다.

첫 번째 타깃은 이십대 후반으로 보이는 한 남자였다. 그 남자는 자그마한 몸집의 소유자였다. 안 그래도 작은데 고개를 숙이니 더 왜소해 보였다. 현식은 사냥감을 노리듯 천천히 남자를 살펴보았다. 동글한 얼굴은 잡티나 주름 하나 없고 붉거진 데도 없이 반지르르했다. 단추가 촘촘히 달린 웃옷 안에 터틀넥 셔츠를 받쳐 입었고, 에어컨 바람이 바닥을 휩쓸 때마다 정강이까지 말아 올린 면바지 아래로 비쩍 마른 다리가 앙상하게 드러났다.

'과연 저 남자는 어떤 남자일까?'

현식은 위치에너지가 운동에너지로 변하듯 곧바로 관찰력을 추리력으로 전환시켰다.

'음…… 아무래도 전역한 지 얼마 안 된 고시생일 거야.'

남자는 시종일관 힘없는 눈빛으로 멍하니 허공을 응시했다. 다른 사람들이 핸드폰을 만지거나 음악을 들을 때 그는 마치 세상의 중력을 혼자 다 받은 것처럼 잔뜩 움츠러든 채 초점 없는 시선으로 줄곧 땅만 바라봤다. '여섯시 반에 신림역에서 탔으니 아마 고시학원 끝나고 집에 가는 길일 거야! 손이나 얼굴은 탔는데 다리가 상대적으로 하얀 게 전역한 지 얼마 안 된 가을 군번일 거고, 바지 밑단이 저렇게 해졌고 안경에 흠집이 많이 난 것으로 봐서 분명 여자 친구는 없을 거야. 낡은 잔스포츠 백팩을 저렇게 소중히 품에 안고 있는 걸 봐서는 고등학생 때 엄마 혹은 아빠가 사준 것일 텐데……. 잠깐! 한부모가정에서 자란 게 분명해. 음…… 보통 엄마들은 아들이 저러고 다니는 걸 절대 두고 보지 못할 테니까 아마 아빠랑 둘이서 살고 있을 거야. 아, 아니야! 저 다소곳한 몸짓 하며 흘러내리는 머리칼을 손가락으로 수줍게 쓸어 올리는 걸 보면 집안에 여자가 있다는 뜻인데…… 그렇다면 엄마랑 단둘이서 사는 건가?'

한번 각성하자 무작위로 떠오르는 생각들을 현식은 제어할 수 없었다. 쉴 새 없이 추리는 또 다른 추리를 데리고 왔다. 그렇게 이삼 분이라는 시간 동안 현식은 계속 그 남자를 관찰했다. 다행히 남자는 여전히 바닥만 뚫어져라 바라보고 있어 현식의 시선을 느끼지 못했다.

'과연 내 추리가 맞을까?'

현식은 정답을 알고 싶었다. 너무 궁금해서 숨이 턱턱 막힐 지경이었다. 남자가 문래역에서 내릴 때 현식은 자기도 모르게 그를 따라 내렸다. 그러고는 터벅터벅 걸어가는 남자에게 곧장 다가가 어깨를 잡아챘다.

"저기요!"

"아이, 깜짝이야. 뭐……예요?"

남자는 갑작스러운 현식의 등장에 놀란 듯 주춤거렸다.

"저기, 하나만 물어볼게요. 혹시…… 어머니가 없으신가요? 아니면 아버지가 없으신가요?"

남자의 표정이 분노로 일그러졌다.

"뭐? 이거 미친 새끼 아니야!"

삽시간에 현식의 멱살을 잡은 남자는 거칠게 손을 올렸으나 주먹을 날리지는 않았다. 주위의 시선 때문이었을까. 남자는 어이없다는 듯 한숨만 내뱉더니 "정신 똑바로 차려, 이 새끼야"라는 말만 남기고 저 멀리 사라졌다. 하지만 현식은 이대로 포기할 수가 없었다. '과연 정답일까, 아닐까?' 오로지 그 생각만이 현식의 머릿속을 지배했다. 이 답답한 안개가 걷히지 않는 한 그는 오늘 밤 두 다리 쭉 뻗고 잘 수 없었다.

'남은 방법은 단 하나군.' 현식은 직접 남자를 따라가기로 했다. 언제나 문제의 정답은 맨 뒷장의 답안지에 있듯, 남자의 뒤를 밟아야 비로소 제대로 된 채점을 할 수 있으므로. 현식은 40미터 정도의 거리를 두고 조심스레 남자를 따라갔다. 난생처음 해보는 미행에 현식의 염통은 불에 그은 듯 잔뜩 쪼그라들었지만 맛보면 맛볼수록 불 맛은 중독성이 강했다. 그렇게 남자의 뒤를 밟는 사이에 현식은 1) 그는 다세대주택에 살고 있다. 2) 그는 요로결석에 걸린 적이 있다. 3) 그는 (방귀 냄새를 맡아보니) 저녁으로 참치마요김밥을 먹었다, 라는 새로운 추리를 추가했다.

우연인지 필연인지, 현식의 첫 번째 예상은 맞았다. 남자는 분홍빛 페인트로 외벽을 촌스럽게 칠한 다세대주택에 살고 있었다. '아스톤 빌라'라는 다소 투박한 이름의 빌라였다. '그렇지!' 열 개의 추리 중 하나를 맞히자 신이 난 현식은 주먹을 불끈 쥐었다. 그러나 아쉽게도 거기까지였다. 남자가 집으로 들어가자 현식은 더는 따라 들어갈 수 없었다. 철제 난간 너머로 고개를 빼꼼 내밀어도 봤지만 이내 센서 등이 꺼지자 칠흑 같은 어둠이 현식의 머리 위에 길게 내려앉았다. 하는 수 없이 현식은 건물 밖으로 나와 지켜볼 수밖에 없었다.

'이럴 줄 알았으면 현미경, 아니 쌍안경이라도 가져올걸.'

후회했지만 이미 늦었다. 현식은 4층을 올려다보며 증기기관차가 수증기를 뿜어내듯 긴 한숨을 내뱉었다. 결국 집으로 돌아온 현식은 자는 둥 마는 둥 하며 쉽게 가라앉지 않는 마음을 달렸고, 새벽이 되자 이슬보다 더 빨리 내달려 아스톤 빌라를 찾아갔다. 이번에는 잊지 않고 쌍안경까지 챙겼다.

현식은 삼 일 동안 그 남자를 뒤쫓았다. 회사에 병가를 내고 낮에는 남자가 다니는 학원과 고시 식당을, 밤에는 그가 사는 빌라를 하루 종일 관찰했다. 몇 번이나 남자한테 발각될 뻔했지만 전봇대에 붙은 과외 전단지를 뜯어 얼굴을 가리거나 화초 뒤에 쪼그려 앉아 몸을 숨기는 식으로 뛰어난 순발력을 발휘해 가까스로 위기를 모면했다.

그동안 현식이 알아낸 정보를 정리해보면 이랬다. 아스톤 빌라라는 다세대주택에 사는 '강현무'라는 이름의 남자는 1) 스물다섯 살 고시생이다. 2) 신림에서 7급 행정직 고시를 준비하고 있고, 3) 예상대로 한부모가정이다. 4) 두 살 위의 누나도 한 명 있다. 현식의 추측과 다른 점은 그는 미필이었다. 손과 얼굴이 익은 이유는 초여름에 (발목까지 내려오는 래시가드를 입고) 물놀이한 흔적이었다. 다른 고시생들과의 대화를 엿들은 끝에 알 수 있었다. 열 개의 추리 중 다섯 개를 맞혔으니 50점이었다(참치마요김밥 방귀까지 맞다고 채점했다). 여러모로 아쉬웠지만 현식은 순순히 인정했다.

'그래도 반이나 맞혔잖아. 다른 사람들은 하나도 못 맞힐걸.'

놀라우리만큼 현식은 스스로에게 관대했다. 개운해진 정신으로 집에 오는 길에 그는 낙원상가에 들러 바이올린 한 대를 구입했다. 오랜만에 만져보는 단풍나무의 질감이었다.

'셜록처럼 연주하다 보면 분명 새로운 영감이 떠오를 거야!'

그날 밤 현식은 화려한 날개를 펼치기를 꿈꾸며 누에고치처럼 몸을 웅크렸다.

두 번째 타깃은 중년 여성이었다. 사십대 후반에서 오십대 초반으로 보이는 이 여자는 목에 노란색 깁스를 하고 있었다. 잔뜩 주름진 피부에 늘어진 눈꺼풀, 살에 파묻힌 조그맣고 탁한 눈. 한눈에 봐도 짝퉁인 토트백을 들고 있는 손톱에 군데군데 칠해진 비취색 매니큐어는 탐욕스럽게 보였다.

'나이롱환자임이 분명해. 며칠 전에 접촉 사고 나서 대인 접수를 하고 한방병원에 드러누웠다가 답답해서 몰래 친구를 만나러 가는 길일 거야. 동대문역사문화공원역에서 탔고, 옷 스타일로 봐서는 아마 시장에서 구제 옷을 팔고 있을 거야. 고등학생 아들이 하나 있고 지금 남편 몰래 옆 가게 유부남과 바람피우는 중이고…… 관계는 아마 최근에 시작되었겠군.'

현식은 여자의 불륜 상대를 상상하기까지 이르렀다. 그동안 실전을 통해 노하우를 쌓아서 그런지, 현식의 추리는 전보다 구체적이었고 거침이 없었다. 그는 시선이 잡아준 프레임 속에 그녀를 놓고 여백에 각주를 달듯 새로운 추리를 덕지덕지 붙였다.

24

그때 중년 여성이 자신을 힐끔힐끔 살피는 현식의 시선을 알아채고 묘한 미소를 남겼다. 아마 자신에게 푹 빠져서 그런 다고 착각한 듯했다. 뚝섬역에서 내릴 때는 끈덕진 윙크까지 던졌다. 현식은 여자를 따라갈까 말까 주저했지만 어쩔 수 없 었다. 싫든 좋든 문제를 풀면 채점을 해야 했다. 여자에게 시선 을 고정한 채 현식은 천천히 걸음을 옮겼다.

나흘 동안 중년 여성을 따라다닌 끝에 현식은 열 개의 추리 중에서 일곱 개가 맞았다는 것을 확인했다. 전보다 두 개나 더 맞혔다는 쾌감 때문일까. 그는 주먹을 불끈 쥐었다.

'역시 난 천재야. 누구도 단기간에 이렇게까지 성장 못 할 걸?'

그러면서 현식은 제 어깨를 두드렸다.

세 번째 타깃은 광고 회사에 다니는 삼십대 남자였다. 남자 가 지나갈 때마다 풍기는 조 말론 향수 냄새와 서글서글한 눈 웃음, 그리고 매일 바뀌는 아우터로 짐작해보았을 때, 현식은 분명 남자가 바람둥이일 거라고 확신했다. 역시 예상대로 그 는 나쁜 남자였다. '루돌프'라는 데이팅 앱을 통해 낯선 여자들 과 만났고, 포크로 파스타를 돌돌 말아 고상하게 입으로 가져 갔으며(파스타를 그리 좋아하는 것은 아닌지 화장실에 갈 때마다 게워 냈다), 여자를 분위기 좋은 칵테일 바로 데려간 뒤 결국은 근처

호텔로 들어갔다.

'시발, 인생 존나 부럽네. 시바, 거.'

현식은 옆방에서 교태 섞인 신음이 들릴 때마다 주먹으로 벽을 내리치고 싶다는 충동이 일었다. 하지만 그는 타깃의 일에 절대 개입해서는 안 된다는 자신만의 주관을 지켰다.

'그래. 네가 아무리 잘나도 나한테는 안 되지. 나는 천재니까.'

삼 일 동안 그를 따라다닌 끝에 열 개 중 여덟 개, 80퍼센트라는 추리 적중률을 기록했다.

현식은 그사이 회사에 사표를 냈다. 아니, 엄밀히 말하면 잘린 것과 다름없었다. 휴가가 거듭될수록 그의 책상은 밀리고 밀려 점점 화장실 쪽으로 옮겨졌으니까. 선배들과 동료들의 시선도 탐탁지 않았다. '그래! 이왕 이렇게 된 거 잘됐다.' 현식은 그렇게 생각했다. 먹고사는 문제는 더 이상 중요하게 느껴지지 않았다. 형이상학이 노니는 자리에 세속적인 것은 너무 좀스럽게 느껴졌다. 이미 현식의 뇌수는 세상에 대한 궁금증으로 출렁인 지 오래였다. 이제 조금만 더 노력하면 몇 초의 스캔만으로도 지나가는 모든 이를 엑스레이처럼 꿰뚫어 볼 수 있다고, 현식은 그렇게 믿었다.

'이제 100퍼센트까지 머지않았다!'

배가 고팠지만 현식은 굶주리지는 않았다. 보일러를 못 때서 방구석은 추웠지만 그의 입가에는 온기가 남아 있었다.

네 번째 타깃은 선정하기 어려웠다. 군인이나 스튜어디스는 너무 쉬웠다. 옷차림으로 알아차리는 건 이제 아마추어나 하는 짓이라고 생각했다. 뭔가 색다른 게 필요했다. 자신의 촉이 얼마나 날카롭고 뾰족한지 확인하고자 그는 스스로를 더 극한으로 몰아붙이고 싶었다. 그때 현식 앞에 한 여자가 나타났다. 나이는 이십대 후반인 듯했고, 퇴근길에는 다들 지쳐 있다지만 유독 더 그늘져 보이는 여자였다. 다들 핸드폰으로 게임을 하거나 SNS로 다른 사람이나 세상의 가십거리를 탐구 중일 때 그 여자만은 핏기 하나 없는 얼굴로 그저 창밖의 껌껌한 세상을 응시했다. 현식은 호기심이 일었다. **'그래, 바로 저 여자야!' 그렇게 네 번째 타깃이 정해졌다.** 현식은 책을 꺼내 독서에 집중하는 척하면서 틈이 날 때마다 그녀를 살폈다.

탄탄한 몸매가 언뜻언뜻 드러나는 시폰원피스를 입은 그녀의 팔에는 'Querencia'라는 타투가 새겨져 있었다. '케렌시아…… 저게 무슨 뜻이지?' 현식은 재빨리 핸드폰으로 단어를 검색했다. 스페인어인 케렌시아는 투우 경기장에서 투우사와 결전을 앞둔 소가 마지막으로 쉬는 장소를 가리키는 용어였다. '쉬고 싶은 건가? 아니면 어딘가로 도망가고 싶은 건가?'

그러고 보니 손잡이에 한껏 체중을 실은 그녀에게서 알 듯 모를 듯한 진한 피로감이 풍겨왔다. 그리고 또 뭐가 있을까 고민하며 시선을 옮기는 순간 그녀의 눈과 딱 마주쳤다. '제길 들켰나!' 하지만 예상과 다르게 그녀는 씨익 미소를 지었다.

'저 미소는 뭘까?'

현식은 세 가지로 유추했다.

하나는 자기도 모르게 반사적으로 나오는 웃음, 두 번째는 어이없어서 나오는 헛웃음, 마지막으로는 회사에서 늘 입꼬리를 걸어놓던 습관의 발현이었다.

혹시 호감이 있어서 웃은 거 아니야? 라고 누가 묻는다면 그건 십대 이후로 단 한 번도 일어난 적 없는 일이기에 단연코 아니라고, 현식은 자신 있게 말할 수 있었다.

빨리 그녀에 대한 추리를 이어가야 했지만, 현식은 그녀와 시선을 마주치기가 민망했다. 그렇다고 이렇게 추리에 실패하는 것은 자존심이 허락하지 않았다. 성수역에서 그녀가 내리자 현식은 언제나 그랬듯 쫓아가고 싶다는 충동에 사로잡혔다.

'이번에는 반드시 100퍼센트 맞히고 말 테다!'

그래서 여자의 뒤를 밟았다. 인적이 드문 골목을 걷는 현식과 여자의 구두 소리가 서로 겹치고 엉켰다. 여자는 뒤에서 들려오는 발소리가 찜찜한지 계속해서 힐끗 돌아봤고, 그러면 현식은 딴 곳을 보는 척하며 걸음을 멈췄다. 왠지 모를 공포감에 여자는 좀 더 빨리 걸었고, 그 속도에 맞춰 현식의 걸음도 덩달아 빨라졌다. 너무 가까이 붙었는지 여자는 현식을 의식하기 시작했다. 그때 뒤를 돌아본 여자가 현식을 발견하고는 뛰기 시작했다. 현식은 연신 뒤돌아보는 그녀의 시선을 더는 피하지 않았다. 푸른 달빛이 어스름하게 내려앉은 밤거리를 구두까지 벗어가며 사정없이 도망가는 그녀를 보는 현식의 눈빛이 밤 고양이처럼 형형하게 빛났다. 여자를 뒤쫓아 달리는 와중에도 현식은 추리를 멈추지 않았다.

'분명 방송국에서 일하는 막내 구성작가일 거야. 지방 국립대 국어교육학과를 나왔고 취업한 지는 일 년도 안 되었어. 남자 친구는 있시만 방송국 PD랑 썸 타는 중일 거야. 언제 환승할지 타이밍을 재고 있겠지. 혼자 사는 오피스텔에 요크셔테리어를 한 마리 키우고 있고 취미로는 최근에 클라이밍을 시작했어.'

여자에 대한 온갖 추리가 현식의 머릿속에 장대비처럼 쏟아져 내렸다.

*

"그래서 그녀가 신고한 거군요."

흰머리의 남자가 나지막하게 말했다. 뒤로 쓸어 넘긴 풍성

한 흰 머리칼이 위에서 떨어지는 조명 빛을 받아 화려하게 구불거렸다.

"네, 오해를 한 거죠."

현식은 담담하게 답했다.

"며칠 동안 따라다녔나요?"

"팔 일 하고도 반나절이요."

"다른 때하고 다르네요. 이번에는 왜 이렇게 길어진 거죠?"

"신고한 걸 눈치채고 당분간 숨어 있었으니까요. 그리고 이전 타깃들과 다르게 여러모로 베일에 싸인 여자였어요. 채점하는 게 너무 어려웠죠."

은밀하게 몸을 숨기던 그때가 떠오르기라도 했는지 현식은 고개를 절레절레 내저었다.

"그래서 그녀 집에 도청기까지 설치한 건가요?"

한참이 지났지만 현식은 쉽게 입을 열지 않았다. 그저 묘한 미소만 흘린 채 카디건 재봉선을 손톱으로 긁어댈 뿐이었다. 현식의 게으른 눈빛에서 남자는 직관적으로 뭔가 있다는 냄새를 맡았다.

"그 여자는 그럼 몇 퍼센트였나요? 현식 씨, 당신의 추리력이요."

현식은 기다렸다는 듯 고개를 불쑥 들이밀며 속삭였다.

"백⋯⋯ 드디어 100퍼센트가 되었죠."

현식은 가슴을 한껏 폈다. 묘한 흥분 때문일까? 그의 목소리에 미세한 떨림이 감돌았다.

"그때부터 저는 신이 된 거예요. 단 한 번의 시선만으로도 모든 이들의 현재, 과거 심지어 미래까지 파악할 수 있으니까요. 제 입에서 나온 건 이제 예언이나 다름없죠."

"설득력을 초능력처럼 말씀하시네요."

남자가 비아냥거리듯 말하자 현식은 이성을 잡고 있던 몇 가닥의 신경이 끊어진 듯, 눈동자를 굼뜨게 움직이며 상대방을 노려봤다. 남자 역시 시선을 피하지 않았다. 알전구 아래로 두 시선이 팽팽하게 부딪쳤다.

"도대체 그녀에게 왜 그렇게까지 한 거죠?"

"혹시 결핍에서 에너지가 생긴다는 말 아세요? 진실을 알기 위해서는 희생해야만 하는 가치가 있죠."

"그래서…… 그래서 그녀를 죽인 건가요, 정현식 씨?"

현식은 입을 굳게 다물었다. 병적으로 하얗고 창백한 그의 손가락이 금속 테이블 위에서 바이올린을 켜듯 세심하게 움직였다. 그는 애써 어금니를 꽉 악물었지만 저도 모르게 새어 나오는 미소까지 막지는 못했다.

"왜…… 제가 죽였다고 생각하는 거죠?"

"그러면요?"

"그 여자는 심각한 우울증을 앓고 있었어요."

밀실과 이어진 옆방에서 레코드 기계가 다람쥐통처럼 빙글빙글 돌아가고 있었다. 매직미러 앞에 선 여자는 현식의 말과 표정 하나하나를 놓치지 않으려 애썼다.

*

일주일 전, 현식은 '성은빈'이라는 방송작가를 계속 관찰했다. 은빈은 현식의 추리대로 칠 년간 사귄 남자 친구와 새로 알게 된 PD 사이에서 갈팡질팡하고 있었다. 그녀는 남자 친구를 사랑했지만(적어도 전화 통화에서는 그랬다), 자신에게 끈덕지게 호감을 표하는 메인 PD와 잠자리를 가졌다. 이유는 단 하나였다. 하루라도 빨리 막내 생활을 벗어나고 싶었으니까. 쥐꼬리만 한 월급에 파도처럼 밀려드는 잡무, 불안정한 생활, 거기에 선배들의 태움까지. 그녀는 이 지긋지긋한 상황에서 벗어나는 유일한 탈출구가 박 PD라고 생각했다. 그래서 사랑하지도 않으면서 술에 취한 척 그에게 몸을 맡겼다. 하지만…… 이는 잘못된 선택이었다. 박 PD는 생각 이상으로 저질스러운 인간이었다. 그는 지인들에게 은빈과 잤다고 떠벌리고 다녔고, 심지어는 호텔에서 지장까지 찍으며 약속했던 신규 파일럿프로그램에도 그녀를 데려가지 않았다. 안 그래도 호사가들이 많은 방송국에 둘에 대한 소문은 삽시간에 퍼져나갔다.

"야! 너 박 PD랑 잤다며?"

선배 작가들이 은빈의 주위를 감싸고는 눈을 치켜떴다. 은빈은 모른 체하며 부인하려 했지만 그들은 이미 은빈의 신체 비밀까지 알고 있었다. 코너에 몰린 그녀는 어쩔 수 없이 고개를 끄덕였고, 그날부터 '마타 하리'라는 별명이 낙인처럼 찍혀 버렸다. 박 PD에게 가서 따져도 봤으나 그는 남자 친구도 자신과의 관계를 알고 있냐며 되레 은빈을 자극했다. 뺨을 내리쳤으나 속이 시원치는 않았다. 고민하고 고민한 끝에 결국 은빈은 방송국을 그만두었다. 아니, 엄밀히 말해서 잘린 거나 다름없었다. 어느 누구 하나 자기를 찾지 않았으므로.

"죽고 싶다. 죽고 싶다……."

혼자 남게 된 은빈은 집에 틀어박혀 계속 혼잣말을 되뇌었다. 도청기로 은빈의 목소리를 들은 현식은 처음 지하철에서 그녀를 봤을 때를 떠올렸다. **케렌시아.** 현식은 그녀에게서 무언의 도피처, 죽음의 그림자를 직감했다. 보지 않아도 불규칙한 그녀의 호흡은 분명 그렇게 말하고 있었다.

10) 앞으로 3일, 5월 17일 안에 죽는다.

현식은 자신의 추리 리스트 마지막 칸에 그녀의 죽음을 적었다.

추리	정답율
방송국에서 일하는 막내 구성작가	○
지방 국립대 국어교육학과	○
취업한 지 일 년도 안 된 신입	○
남자 친구는 있지만 방송국 PD와 은밀한 관계	○
오피스텔에서 혼자 살고 있음	○
요크셔테리어 한 마리 키움	○
취미로 실내 클라이밍을 시작	○
방송국 그만둘 예정	○
남자 친구에게 바람피운 사실을 들킴	
앞으로 3일, 5월 17일 안에 죽는다	

*

"그럼 성은빈 씨는 왜 경찰서에 신고를 했을까요?"

남자가 턱을 매만지며 현식에게 물었다.

"아마 자기를 오랫동안 미행한 사람이 거슬렸나 보죠. 꽤씸
하더라고요. 자기한테 피해 한 번 준 적이 없는데. 감히 날 스
토커라고 생각하고 애먼 데 분풀이를 해?"

다시 생각해도 분한 듯 현식은 거칠게 숨을 들이마셨다.

"그래서 성은빈 씨 남자 친구에게 연락한 건가요?"

"네, 맞아요. 제가 그랬어요."

현식은 얼굴색 한 번을 안 바꾸고 또렷한 목소리로 답했다.

*

은빈이 자신을 경찰에 신고했다는 사실을 들은 당일, 현식은 그녀의 남자 친구에게 익명으로 메시지를 보냈다. 결국 은빈의 남자 친구까지 그녀가 바람피운 사실을 알게 되었다. 잔뜩 흥분한 남자 친구가 은빈을 찾아왔고, 그날 밤 둘은 미친 듯이 싸워댔다. 오피스텔 방 한 칸에서 울려 퍼지는 고함을 들으며 현식은 자신의 추리 리스트에 펜을 가져다 댔다. 고성이 오갔고 물건 부서지는 소리가 반복되었으며 개 짖어대는 소리가 뒤를 이었지만 아쉽게도, 현식이 기다리는 그 소리만은 쉬이 들려오질 않았다. 하나라도 놓치지 않으려는 듯 최대한 귀를 기울였지만 끝내 현식은 마지막 칸에 마킹할 수 없었다.

'하…… 씨, 존나 간질간질하네.'

결국 싸우다 제풀에 지친 남자 친구가 오피스텔을 떠나자 혼자 남게 된 은빈은 온몸을 쥐어뜯으며 슬피 울었다. 그렇게 몇 시간 내내 우는 소리를 듣고 있자니 현식은 마음 한편이 조금씩 아리기 시작했다. 저 여자는 모든 걸 잃었다. 직장도 꿈도 사랑도. 생각해보니 자신과 다를 게 없었다.

천재가 아니라는 이유로 부모는 현식을 버렸고, 열심히 일했지만 직장에서도 잘렸다. 친구 하나 없고 의지할 곳 하나 없다.

은빈이 비로소 자신과 비슷해졌다는 생각이 들어서일까? 현식은 갑자기 그녀에게 연민을 느꼈다. 할 수만 있다면 다가가서 안아주고 싶었다. 비록 깨끗하지는 않지만 자신의 소매로 기꺼이 그녀의 눈물을 닦아주고 싶었다. 솔직히 미안하기도 했다. 그래서 문 앞에 몇 번이고 찾아갔으나 차마 벨을 누르지는 못했다.

이틀 동안 은빈은 집 밖으로 나오지 않았다. 먹지도 않고 좀처럼 자지도 않았다. 시간은 점점 흘러 이제 현식이 예상한 마지막 날이 되었다. 시간이 흐르면 흐를수록 은빈의 몸과 마음은 눈에 띄게 피폐해져갔다.

'이제 나는 살아갈 이유가 없어.'

그날 밤 은빈은 무언가에 홀린 듯 오피스텔 옥상으로 향했다. 그녀의 움직임을 알아차린 현식도 서둘러 옥상으로 뛰어올라갔다. 계단을 오를 때마다 가슴이 미친 듯이 뜀박질했다. 그가 철제 옥상 문을 열어젖히자 희뿌연 달빛을 가로막고 선 은빈의 뒷모습이 보였다. 그녀는 난간에 올라섰다. 차가운 밤공기가 유영하며 그녀의 옷자락을 휘감았다.

"저기요! 저기…… 죽으면 안……."

하지만 거기까지였다. 현식은 자기도 모르게 입을 틀어막았다. 손안으로 미처 뻗어나가지 못한 신음 소리가 맴돌았지만, 다행히 은빈은 그가 뒤에 있다는 걸 알아차리지 못했다. 그녀는 마치 자신이 저지른 모든 죄를 받아들이듯 하늘을 향해 두 팔을 올렸고, 천천히 허공으로 발을 내디뎠다. 현식은 당장 달려가 그녀를 붙잡고 싶었으나 그럴 수 없었다. 다가갈 수도, 손을 뻗을 수도 없었다. 이윽고 그녀의 목에 걸린 유리 펜던트가 달빛에 반짝였고 여리디여린 그녀의 몸은 난간 아래로 흔적도 없이 사라져버렸다. 그리고 잠시 후 쿵! 소리가 오피스텔 전체에 울려 퍼졌다.

'내가 지금…… 무슨 짓을 한 거지?'

현식은 온몸에 소름이 돋았다. 그는 천천히 난간을 향해 무거운 걸음을 뗐고, 까치발을 들어 아래를 내려다보았다. 은빈의 몸에서 흐르는 검붉은 선혈이 마치 날개 펴지듯 빠르게 퍼져나갔다. 그는 충격에 휩싸여 한참 난간 아래를 바라봤다. 방금 일어난 일을 도무지 믿을 수가 없었다.

'세상에 어떻게…… 어떻게…….'

현식은 두 손을 벌벌 떨면서 가방을 뒤적거리더니 추리 리스트를 꺼냈다. 그리고 마지막 칸에 반듯하게 동그라미를 그렸다.

"내가…… 내가, 드디어 신이 된 거야!"

추리 리스트를 품에 끌어안고 가슴이 벅찬 듯 숨을 몰아쉬
는 현식의 눈빛은 그 어느 때보다 또렷했다. 100퍼센트의 추리
를 달성해서일까. 그의 몸 안에 든 세포 하나하나가 새순처럼
다시 싹트고 있었다. 현식은 다시 아래를 내려다보았다. 끔찍
했다. 여러모로 안타까웠지만 이미 엎질러진 물은 주워 담을
수 없는 법. 신은 점지할 뿐 선택은 인간의 몫이다. 모든 것은
불가항력적이었다.

"고마워요. 덕분에 내 능력을 확실히 알게 되었어요."

현식은 입술을 비집고 새어 나오는 웃음을 애써 억누른 채
한쪽 입꼬리를 말아 올렸다.

*

"그래서…… 신이 되었다는 거군요."

"그렇죠. 제 입에서 나온 건 이제 예언이나 다름없으니까."

남자는 턱을 괴고 한참 현식을 살폈다. 현식 역시 그의 시선
을 피하지 않았다. 둘은 마치 눈싸움이라도 하듯 아무 말 없이
서로를 탐색했다. 시신경은 긴장과 이완을 되풀이했다.

"그렇다면 증명할 수 있나요? 여기, 이 자리에서."

"물론이죠."

"그럼 저에 대해서도 맞혀보시겠어요?"

남자는 검지로 자기 자신을 똑바로 가리켰다. 현식은 눈을 가느다랗게 뜨고 남자의 얼굴부터 찬찬히 뜯어 살폈다.

"몸과 마음의 속도가 좁혀질 기미가 보이지 않는군요."

"그게 무슨 뜻이죠?"

현식은 옅은 미소를 띠고서 빠르게 말을 이었다.

"몇 년 동안 진급하지 못했을 게 분명하네요. 일머리는 꽤나 좋지만 사내 정치는…… 가망이 없군요. 그사이 후배들이 치고 올라갔을 테고, 가슴앓이 꽤나 했겠네요. 야망은 있지만 그렇다고 싫어하는 일을 하기는 싫고."

현식이 말하자 남자는 손가락으로 입술을 매만졌다. 불쾌하지만 동시에 흥미롭다는 제스처였다.

"또요? 더 말해보세요."

"버번위스키를 좋아하고, 담배는 작년에 끊었네요. 음…… 아내와는 별거 중이네요? 잘 좀 하지 그랬어요. 아! 결혼 전에 아들이 있다는 걸 이야기 안 했군요. 지금 바람은 안 피우지만 자주 가는 술집 주인을 마음에 두고 있고……. 유감스럽게도 그 여자는 당신의 흰머리를 좋아하지만 그렇다고 이성적으로 좋아하는 건 아니에요."

"그런가요?"

남자는 미소를 지으며 되물었다.

"그리고 아들은 지금 캐나다, 아니 호주에서 유학하고 있죠?

아닌가요?"

현식이 몰아붙이자 남자는 말갈기처럼 숱이 많고 곱슬곱슬 말려 있는 머리칼을 두 손으로 쓸어 올렸다.

"왜 대답이 없죠? 빨리 답을 알려주세요."

남자가 아무 말도 하지 않자 현식은 조바심이 났다.

"맞아요. 아들은 지금 시드니에 있어요."

남자가 고개를 끄덕이자 현식은 이내 흡족한 듯 볼우물에 힘을 주고 휘파람을 불었다.

"대마초 조심해야겠네. 용돈 좀 줄여요. 그리고 하나 더. 저기 저 창문 뒤에서 어떤 여자가 우리 이야기를 듣고 있는데요. 맞죠?"

"네, 맞아요."

남자는 순순히 인정했다. 밖에 있던 여자는 흠칫 놀라 유리창에서 조금 뒤로 물러났다.

"파트너겠죠. 아마 여기 온 지 이삼 년밖에 안 된 초짜일 테고. 당신에게서 많은 걸 배우려 하겠죠. 당신은 다소 귀찮을 거고."

이때 현식의 표정은 일종의 자신감이자 모종의 기대감으로 가득 찼다.

"그걸…… 어떻게 아셨죠?"

"촉이죠, 느낌. 보지 않아도 느낄 수 있거든요."

"대단하네요. 정말 신이라도 된 건가요?"

남자의 물음에 현식은 득의양양한 눈빛을 하고 거드름을 피웠다.

"그렇다니까요. 신. 엑스레이처럼 한눈에 모든 것을 꿰뚫어 보죠."

현식은 이제 자신이 꿈꿔온 피날레가 머지않았음을 직감했다. 이 조사만 끝나면 수많은 기자들이 몰려와 그의 코앞에 마이크를 대고 인터뷰를 요청할 것이다. SNS는 그의 이야기로 떠들썩해질 것이며 그의 일거수일투족이 미디어를 통해 전 세계에 널리 퍼질 것이다. 연초마다 정재계 인사들이 떼거리로 몰려와 자문을 구할 거고……. 앞으로 미녀와 돈은 차이고 차일 정도로 넘쳐날 거다! 상상만으로도 현식은 전율이 일었다. 이제 외로움에 몸서리치던 시절은 끝났다. 박제되었던 천재는 드디어 포르말린 냄새에서 벗어날 수 있다. 더 이상 지구본이라는 가짜 세상에 살 필요가 없어진 것이다.

"고생하셨습니다. 그럼 내일 뵙죠."

남자가 자리에서 일어났으나 현식은 고개를 끄덕일 뿐 미동도 하지 않았다.

"저기, 형사님. 기자들은 언제 만날 수 있나요?"

"네, 한번 알아볼게요."

"빠르면 빠를수록 좋아요."

현식은 너스레를 떨었다. 남자는 그를 향해 정중하게 고개를 숙였다.

굳게 닫혔던 철문이 열리자 문 앞에 서 있던 여자가 그에게 재빨리 다가왔다. 여자는 닫히는 문틈으로 보이는 현식을 보며 조용히 물었다.

"저 자식 사이코패스예요? 정신이상자인가요?"

"글쎄요. 아직 단정할 수는 없어요."

남자가 나지막이 중얼거렸다. 여자는 남자의 소매를 잡아끌며 긴 복도를 가로질렀다.

"그나저나 경감님, 숨겨놓은 아들이 있었어요?"

"아니요."

"그런데 아까 왜……."

"어디까지 말하나 보고 싶었어요."

"하긴, 이상하다 했어요. 술 한 모금 못하시는 거 제가 아는데, 술집 주인이랑? 말도 안 돼!"

여자가 손사래를 치며 호들갑을 떨자 남자는 다소 씁쓸한 미소를 지었다.

"저 자식은 뭘 믿고 자기 추리가 100퍼센트 맞다고 확신하는 거죠?"

여자는 조금 전 이를 악물며 미소 짓던 현식을 떠올렸다.

"어떻게든 자기 추리에 현실을 끼워 맞춘 거죠. 자기가 맞다, 제 생각이 맞다. 추리가 틀리면 어떻게든 현실을 조작해서 '정신 승리' 하는 거고."

남자는 창밖을 바라보며 말했다. 색유리에 굴절된 노을이 보랏빛으로 변해 그의 얼굴에 떨어졌다.

"경감님은 성은빈이 오피스텔 옥상에서 떨어져 사망한 게 정현식 짓이라고 생각하세요?"

"글쎄요, 잘 모르겠어요. 하지만 하나 확실한 거는 그날 밤 정현식은 어떻게든 성은빈의 죽음을 봤을 거라는 거죠. 그녀가 스스로 떨어지지 않았다면 두 손으로 밀어서라도."

남자는 눈을 감고 현식의 심연을 들여다보았다. 보면 볼수록 깊이를 알 수 없는 검은 우물이 자신을 잡아당기는 기분이었다.

"하, 요즘 저런 놈들이 왜 이렇게 많아진 거죠? 하여튼 어쭙잖은 것들이 신념 하나는 끝내주잖아요. 개똥철학인데 그걸 막 쇠똥구리처럼 굴린다니까요. 참 나."

"외로워서 그런 게 아닐까요. 남은 거라곤 스스로에 대한 믿음밖에 없어서."

가을 하늘에 옅은 구름을 띄우듯 남자는 말했다. 여자는 동의한다는 듯 천천히 고개를 끄덕였다. 둘은 자판기에 다가가 오백 원짜리 커피를 하나씩 뽑았다. 다소 밍밍한 커피를 홀짝이며 여자는 혀끝에 남아 있던 분노도 함께 삼켜버렸다.

"경감님, 그럼 심리 보고서는 언제쯤 나올까요?"

"글쎄요. 앞으로 몇 번 더 지켜봐야 할 것 같아요. 한 번으로는 정확하지 않으니까."

"아무래도 그렇겠죠? 그럼 조심히 들어가세요."

"네, 내일 뵐게요."

남자와 여자는 가볍게 묵례를 하고 반대 방향으로 헤어졌다.

경찰서 로비에 다다랐을 때 남자는 주머니에서 핸드폰을 꺼냈다. 몇 번이나 전화를 걸었지만 신호음만 들릴 뿐이었다. 계속되는 기다림에 지친 남자는 주변을 한번 살피고는 넥타이를 풀어 헤쳤다. 턱이 아릴 정도로 어금니를 세게 깨무는 순간 휴대폰 너머로 한 남자아이의 목소리가 들렸다.

"아빠, 왜?"

얼굴

"으앙, 으아앙!"

2035년, 〈마리 테레즈 발테르의 초상〉의 복제품이 벽 한가운데 걸린 산후조리실로 갓 태어난 여자아이가 요람에 쌓인 채 들어왔다.

"혜인이 왔어요."

간호사가 조심스레 아이를 건네자 딸의 얼굴을 처음으로 본 부모는 당혹감을 감추지 못했다.

'어떻게 된 거지? 하나도 안 닮았잖아.'

간호사도 속으로 부모와 같은 생각을 했다. 엄마 아빠는 말 그대로 선남선녀 그 자체인데 2세는 어떻게 이리 다를 수 있을까? 아이의 납작한 코는 하늘을 향해 들렸고, 광대는 지나치게

도드라졌으며, 눈은 단춧구멍보다 작았다. 남편이 당황한 얼굴로 아내를 바라보자 그녀는 서둘러 시선을 피했다.

여자는 사실 눈코입 하나 제 것이 아니었다. 열 차례 넘게 성형수술을 받았고, 남편과의 맞선 직전에는 이 주에 한 번꼴로 시술을 받았다. 절대 바람피운 게 아니라고, 진짜 당신 딸이라고 말하고 싶었으나 입안에서만 맴돌 뿐이었다. 지레 찔려 계속 눈치만 살피던 여자는 남자가 연신 한숨을 내쉬자 안 되겠다 싶었는지 솔직해지기로 했다.

"자기야, 실은……."

"미안! 다 내 탓이야."

남자가 다급히 말을 가로채자 여자는 눈을 동그랗게 떴다. '이게 무슨 말이지?' 고민하는데 남자가 핸드폰에 저장된 자신의 고등학교 졸업 사진을 보여줬다. 고등학생 시절 남자는 광대에 심한 콤플렉스가 있었다. 뒤에서도 광대가 보일 정도였다. 친구들의 계속된 놀림에 더는 참을 수 없었던 그는 성형외과를 찾았고, 그 후 그의 인생은 180도 달라졌다. 광대를 깎은 김에 눈도 했고 또 코도 만졌다.

"나 어렸을 때랑 똑같아. 역시 첫딸은 아빠를 닮는다더니."

남자의 말에 용기를 얻은 여자도 자신의 성형 사실을 고백했다. 서로의 진심이 통해서일까? 말이 끝나기가 무섭게 둘은 서로를 와락 끌어안았다. 얼떨결에 이 상황을 모두 지켜본 간호사가 어색한 미소를 지으며 나가자 부부는 다시 요람에 든 딸을 내려다봤다. 한숨이 저절로 나왔다.

"그나저나 우리 딸 앞으로 어떡하지? 이 험난한 세상에서 이 얼굴로 어떻게 버티는지."

"그러게…… 놀림 많이 당할 텐데."

둘은 누가 먼저랄 것 없이 각자의 의느님에게 전화하기 시작했다. 실력 좋은 성형외과 의사는 몇 년 전부터 수술 예약이 필수였으니까. 그때였다. 조금 전 병실을 나간 간호사가 다시 들어오더니 부부에게 팸플릿을 건넸다.

"요즘에는 초등학생 때 해도 늦어요."

"그럼요?"

"괜찮으시면 이거 한번 봐주시겠어요?"

간호사가 은밀한 목소리로 속삭였다.

팸플릿에는 "인사이트 뷰티"라는 문구가 적혀 있었다. '아, 이거!' 여자는 들어본 적 있었다. 한 멕시코 남자가 최근에 하여 화제가 된 수술이었다.

"그런데 너무 어릴 때 하면 위험하지 않을까?"

"아니야, 오히려 아무것도 모를 때가 더 좋을 수도 있어."

여자의 말에 간호사는 더 힘을 받아 말을 보탰다.

"맞아요, 아이의 인생을 바꿀 기회가 될 거예요. 태어날 때부터 3루에 있으면 인생이 얼마나 편한데요. 안 그래요?"

간호사의 말에 부부는 서로를 바라보며 고개를 끄덕였다.

*

남녀노소 동서고금 인간의 '미'에 대한 관심은 계속되어왔
다. 기원전 인도에서 처음 집도된 성형수술은 주로 형벌로 인
해 잘린 코를 복원하려는 목적에서 시행되었다. 이러한 성형
수술은 페르시아와 아랍을 거쳐 서양에까지 전해지면서 점점
그 난도가 높아졌고 목적 자체가 미용으로 바뀌었다. 쌍꺼풀
이나 박피 같은 간단한 시술부터 앞트임, 지방흡입, 양악수술
까지 성형 기술은 눈부시게 발전해왔다. 하지만 기존의 성형
수술은 태생적인 한계에 부딪쳤다.

동양인 얼굴을 아무리 고쳐봤자 서양인 얼굴이 될 수 없었
고, 성형을 하면 할수록 얼굴이 망가지는 사례가 빈번하게 발
생했다. 점점 솟은 코는 피노키오처럼 변했고 피부는 녹아내
렸으며 부풀다 못해 풍선처럼 커진 가슴은 터질 것 같았다. 나
이가 들어 성형 중독과 부작용으로 고생하는 사람들도 폭발적
으로 늘어났다.

게다가 성형 트렌드는 너무나도 빨리 변해서, 한때 유행한
얼굴은 금세 시대에 뒤떨어지는 얼굴이 되었다. 짙은 쌍꺼풀
은 느끼함의 상징이 된 지 오래였고, 할리우드 배우를 따라 한

두툼한 입술은 벌에 쏘였냐며 놀림받기 일쑤였다. 얼굴은 옷이나 잡화처럼 그때그때 바꿀 수 있는 것도 아니었고 한 번 쓰고 버릴 수도 없었기에 그만큼 성형은 신중할 수밖에 없었다. 미에 대한 인간의 욕구를 그대로 유지하면서 부작용을 최소화할 수는 없을까? 다들 고민하던 찰나에 등장한 것이 바로 '인사이트 뷰티'라는 바이오회사에서 만든 '패치형 얼굴'이었다.

패치형 얼굴이 뭐냐고? 몸이 쑤시고 저릴 때 제놀이나 트라스트 같은 파스를 붙였다 떼는 것처럼, 패치형 얼굴도 개인이 각자 선호하는 눈코입을 붙였다가 떼었다 할 수 있었다.

이것을 하기 위해서는 기초공사, 즉 얼굴의 근육부터 우선 제거해야 했다. 마치 건물을 올리기 전 땅을 깎아서 지반을 다지듯, 얼굴에도 토대를 만들어야 했다. 레이저로 이목구비를 밀어버린 후 그라인더로 매끄럽게 갈아서 얼굴 전체를 달걀 표면처럼 만들었다. 거기에 눈코입 패치를 붙일 수 있게 신경다발을 유지한 커넥터를 매립했다.

처음에는 이와 같은 과격한 수술에 대다수가 거부감을 느끼고 반발했으며, 곧 인간의 존엄성 문제로 귀결되었다. '신체발부 수지부모'의 나라, 특히 한국 사회의 반발이 심했다. 부모가 물려준 것을 어찌 마음대로 하느냐며 한국인들은 격렬하게 저항했다. 유럽과 중남미의 반응도 비슷했다. "부모도 못 알아보겠다!" "개성 있는 얼굴이 인간의 자존심이다!" 시민 단체들은 달걀에 매직으로 눈코입을 그린 뒤 이것과 뭐가 다르냐며 반문하기도 했다.

게다가 극단적인 수술에 대한 두려움 때문일까? 피험자를 자처하는 사람도 없었다. 그때 '인사이트 뷰티'에서 일하는 청소부 후안이 손을 들었다. 그는 외모콤플렉스가 심한 사람이었다. 검붉은 얼굴에 심한 화상자국이 있어 서른다섯 일평생 여자 손 한 번 잡아본 적 없었다.

후안의 패치형 수술은 세 시간이 넘게 진행되었다. 그리고 열두 시간의 레스팅(피부가 이스트를 넣은 반죽처럼 부풀어 올랐다) 이 끝나자 후안의 얼굴을 감쌌던 붕대가 풀렸다. 새로 태어난 그를 본 사람들은 모두 입을 다물지 못했다. 마치 그리스의 조각상 같은, 아니 그보다 더 빛나는 얼굴이 활짝 웃고 있었으니까. 그의 눈은 티모시 샬라메보다 아름다웠고 턱은 디카프리오의 전성기보다 매끄러웠다. 전 세계 사람들은 깜짝 놀랐다. 이건 사기가 아니냐며 분명 속임수가 있을 거라 생각하는 이도 있었다. 하지만 수술 과정이 생방송으로 중계되었었기에 반론은 쉽게 무시되었다.

후안은 어디에 갈 때마다 자신에게 떨어지는 수많은 플래시를 보고 당황했지만 이내 셀럽의 삶을 즐기기 시작했다. 수많은 여자의 구애가 쏟아졌고, SNS 팔로워 수는 기하학적으로 늘었으며, 한 달도 지나지 않아 할리우드의 콜을 받고 블록버스터 영화에 출연하게 되었다. 그 후로 후안은 배역에 따라서 그때그때 눈코입을 맞춤 제작했다.

추남이 한 번의 수술로 미남이 된 것을 목격한 사람들은 너도나도 '인사이트 뷰티'에 몰려들었고, 그 결과 '패치형 얼굴' 수술은 몇 년 치의 예약이 꽉 찰 정도로 엄청난 인기를 끌었다. 그리고 대한민국, 서울에서 최연소 수술자가 나왔는데 그게 바로 혜인이었다.

지금의 얼굴로 평생 사실 겁니까?
모니카 벨루치의 눈, 비비언 리의 코! 이제는 붙이십시오!

후안과 혜인이 동시에 광고모델로 나온 '인사이트 뷰티'의 슬로건은 현대인의 마음을 잘 대변하였고, 그렇게 '인사이트 뷰티'는 전 세계 시가총액 1위의 글로벌 대기업이 되었다.

*

이십 년이 지났다. 그동안 성형 기술은 더 업그레이드되었다. 복어의 DNA를 추출해 키와 체중도 자유자재로 줄였다가 늘이는 기술이 개발되었고, 또 얼굴 윤곽에 발광다이오드를 심어 바이오리듬에 따라 LED 불빛이 번쩍번쩍 나오는 신기술도 등장했다. 아시아와 유럽에서는 '패치형 얼굴' 수술을 받은 사람이 97퍼센트에 육박했다. 이렇게 '패치형 얼굴'이 보편화된 시점에서는 다음과 같은 일도 생겼다.

"으아아아악!"

A가 화장실에서 소리를 지른다. 거울을 보니 자신의 코가 사라졌기 때문이다. A는 계속 이곳저곳을 찾아보다가 다급한 목소리로 룸메이트 B를 불렀다.

"B야, 너 혹시 내 코 봤어?"

"아니?"

"이상하네. 어제 분명히 잘 때 눈 옆에다가 놓고 잤는데, 혹시 네가 잘 때 깔고 잔 거 아니야?"

"이 지지배가 생사람 잡네? 나 못 봤어."

"진짜? 아, 나 죽었다. 한 시간 후에 면접 있는데."

"어휴, 그럼 내 것 써. 잘 쓰고 이따 저녁에 줘야 해."

그러면서 B는 핸드백에서 비상용 코를 꺼내 A에게 건넸다.

"지지배, 너 코 많이 풀기만 해봐."

"안 풀어. 근데…… 너 왜 자꾸 나를 지지배라고 부르냐? 나 남잔데."

"그래? 너 저번에 샤워할 때 보니까 그거 없던데."

"아, 걸어 다닐 때 불편해서 잠시 떼어놨어."

그런 둘의 모습을 한 남자가 그리 멀지 않은 곳에서 바라보고 있었다. 그 남자는 너무도 구식 얼굴에다 요즘 유행하는 톱 모델의 눈웃음도 가지지 않았다. 그는 충격받은 얼굴로 서둘러 뒤돌아 걸음을 재촉했다. '이게 어떻게 된 거지?' 그는 계속 고개를 흔들며 정신 차리려 했지만 방금 본 상황이 머릿속에서 좀체 떠나지 않았다. 이런 그가 사람들을 지나칠 때마다 행인들은 눈을 돌리고 코를 막았다.

"윽, 이 냄새는 뭐야? 이런 앙시앵레짐 같은 이를 봤나!"

비단 놀란 것은 '패치형 얼굴'을 하고 있는 그들뿐만이 아니었다. 외투를 끌어 올려 최대한 얼굴을 가린 남자는 한 걸음 한 걸음 발걸음을 옮길 때마다 사람이란 형상을 한 존재들을 보고 정신이 혼미해졌다. 남자의 이름은 파블로 루이스, 타임머신을 타고 미래로 온 사람이었다.

*

그는 화가였지만 육 개월이 넘도록 단 한 작품도 그릴 수 없었다. 슬럼프에 빠진 것이다. 새로운 게 필요했다. 자연은 그에게 경의를 주었으나 환희는 주지 못했다. 세상은 너무나 뻔했고 그의 화폭에 담긴 세상 또한 통조림 속의 정어리 같았다.

'뭔가 색다른 게 없을까?'

고통스러워하는 파블로의 앞에 곱슬머리를 한 독일 출신 천재 물리학자가 나타났다. 그의 고민을 들은 물리학자는 자신의 발명품이 그에게 영감을 줄 수 있을 거라고 확신했다. 파블로는 곧바로 물리학자의 집으로 찾아갔고, 지하 비밀 창고에서 원통형의 기계 하나를 발견했다.

"이게 뭔가요?"

"시간을 조절하는 기계예요. 과거나 미래를 딱 하루, 24시간만 다녀올 수 있어요."

파블로는 미래로 갈 수 있다는 말에 구미가 당겼다. 한 번도 보지 못했던 세상을 통해 조금 더 나은 작품을 그릴 수만 있다면 사탄에게 영혼까지 팔 수 있었다.

"가겠습니다."

"절대 어디 가서 시간 여행자라고 말하면 안 돼요, 알겠죠?"

물리학자의 말에 파블로는 고개를 끄덕였다. 파블로는 어느 시점으로 갈까 고민하다가 백 년, 아니 백오십 년 후의 미래가 궁금해졌다.

2055년, 거리를 걷던 파블로는 '아비뇽'이라는 이름의 클럽으로 들어갔다. 어둠이 집어삼킨 듯 온통 암흑 속에서 나체의 무희들만이 빛나고 있었다. 그들은 옷을 입을 필요가 없었다.

얼굴뿐만 아니라 온몸을 탈부착할 수 있는 시대니까. 주위에 있던 청춘 남녀도 마찬가지였다. 춤을 추다 서로가 마음에 들면 입술과 입술을 떼어서 서로에게 부딪쳤고, 마음에 드는 사람에게는 가슴 일부분을 떼어서 건넸다. 격렬하게 몸을 흔들자 눈코입 일부분이 떨어지기도 했다. 순간 붉은 조명이 스테이지를 관통하자 모든 신체가 정육점에 걸린 고기처럼 스산하게 번쩍였다. **파블로는 두 손으로 프레임을 만들어 눈 가까이에 댔다.** 그의 눈에 비친 장면은 혼돈 그 자체였다. 서로를 바라보는 시선에는 영혼이 느껴지지 않았다. 그저 '내가 더 예뻐!' '내가 더 멋있어!' 하고 자랑하듯 제 모습을 순간순간 비추는 데만 집중했다. 어떻게든 자신을 드러내려고 노력하는 이들의 얼굴은 모자이크였고 콜라주였으며 데칼코마니였다.

"진화한 것일까? 퇴화한 것일까?"

파블로는 나지막이 중얼거리며 메모를 하기 시작했다.

사람들은 새로운 얼굴을 가졌지만 그 모습은 흉측했다. 아니, 흉측하다는 것은 내 눈에 비친 관점에 불과하지만 내가 진정 놀란 것은 패치형 얼굴 그 자체가 아니라 사람들의 표정이었다. 그들의 표정은 교만한 동시에 불쌍했다. 아가미 같은 입으로 숨을 쉬며, 눈은 접착제로 붙인 것마냥 손에 든 네모난 기기에서 떨어질 줄 몰랐다. 순간에 대한 지나친 집착은 곧 현실에 대한 부정이자 거짓이다. 남자와 여자, 어쩌면 둘 다 안에서부터 망가진 상태인데 어찌 사랑을 알고 또 사람이라 우길 수 있을까?

그때였다. 옆에 있던 누군가가 파블로에게 말을 걸었다. **얼굴 윤곽의 다이오드에 'HYEIN'이라는 이름이 전광판 글씨처럼 반짝반짝 빛났다.**

"당신 얼굴 특이하다. 그 복고풍 얼굴은 어디서 샀어?"

"그러게, 얼굴이 노출콘크리트 양식이네."

또 다른 남자가 다가오며 신기하다는 듯 말했다.

놀란 파블로가 뒷걸음질 치자 혜인 역시 깜짝 놀라며 사람들에게 외쳤다.

"이 사람 아직 수술 안 받았나 봐!"

"그러게, 움직여도 흔들리지 않네."

그러자 스테이지에 있던 사람들이 모두 웅성거리며 파블로를 에워쌌다.

"어떻게 눈코입이 얼굴에 그대로 있을 수 있지?"

"나도 저렇게 하고 싶은데……!"

눈코입이 마치 액체 괴물처럼 움직이는 한 남자가 말했다.

파블로는 얼른 얼굴을 가리고 건물 밖으로 나갔다. 네온사인이 도시를 점령한 가운데 그는 어둠 속 갓길을 마냥 걸었다.

답답한 무언가가 그의 가슴을 옥죄었다. 그때 그를 스쳐 지나가는 유모차 안에서 눈코입술 하나 없는 아이가 마치 달걀 같은 민얼굴로 응애응애 울어댔다.

"우리 아들, 그만 울어. 자꾸 그러면 열나서 레스팅 늦어지잖아."

"당신은 뭘 붙이면 좋겠어? 나는 아프리카 추장 커스터마이징 붙이고 싶은데."

"나는 말 눈이랑 사슴 코 생각했는데?"

아이는 부모가 나누는 대화가 무슨 뜻인지도 모른 채 그저 공갈 젖꼭지만 빨고 있었다. 아이의 피부 속에 희미하게 보이는 두 눈이 밀랍 인형처럼 불투명하게 움직였다.

'이게 어떻게 된 거야?'

여태껏 파블로를 지탱하던 보이지 않는 실들이 뚝뚝 끊어졌다. 몸 안의 구조물이 와르르 무너져 내려 도무지 추스를 수가 없었다. 이상하리만치 슬퍼졌고 뭔가를 말하려 했지만, 신음이라도 내뱉고 싶었지만 아무 소리도 나오지 않았다. 그의 목에 조약돌이, 얼음처럼 차가운 조약돌이 걸려 있었다.

약속한 시간이 다 되어 파블로는 타임머신을 타고 다시 20세기로 돌아왔다.

"어땠나요?"

독일 출신의 천재 과학자, 알베르트 아인슈타인이 파블로에게 다가가며 물었다.

하지만 파블로는 답을 하지 않았다. 그저 곧장 작업실로 달려가 캔버스에 그림을 그려야겠다는 생각뿐이었다. 보고 느낀 순간순간을 놓쳐서는 안 되었다. 잊기 전에 빨리 담아내야 했다. 붓을 잡은 파블로의 손은 기억을 따라잡느라 분주히 움직였다. 각종 물감이 거칠게 캔버스를 수놓았고, 팔레트 위에서 부유하던 먼지는 햇살을 받아 반짝였다.

남에게 보이는 데만 집중한 나머지 정작 자신의 얼굴이 썩어가는 줄 모르는 이들, 그들의 게으른 눈빛에서 파블로는 지옥의 냄새를 맡았다. 그의 머릿속에는 분절된 얼굴과 아프리카 가면을 쓰고 있는 얼굴이 생생히 떠올랐다. 그는 이 끔찍한 미래를 사람들에게 알려야겠다고 마음먹었다. '역사가 절대로 그렇게 흘러가서는 안 된다!' 그는 절규하면서 그림을 그려나갔다. 삼차원의 얼굴은 곧 화폭 속에서 이차원으로 바뀌었다. 기하학적으로 분해된 얼굴이 유채 물감에 용해되어 흘러내렸다. 끔찍한 미래가 고스란히 화폭에 담겼다.

그의 이름은 파블로 루이스 피카소요, 이렇게 해서 '큐비즘'이 탄생하였다.

고물 영감
이야기

아침부터 청평 교도소는 다른 때보다 부쩍 시끄러웠다. '고물 영감'이라 불리는 조 씨가 출소하는 날이었으니까. 평소라면 사역을 마치고 방에 들어가 신변 정리를 해야 하는 오후 세시인데도 재소자 모두 햇살 가득한 운동장에 남아 있었다. 그들을 감시하는 교도관들도 마찬가지였다. 교도봉을 휘두르며 재소자들을 통제하기는커녕 편하게 뒷짐을 진 채로 다들 사람 좋은 미소를 짓고 있었다.

"축하해요."

교도소장이 조 씨에게 악수를 건네자 옆에 있던 선임 교도관도 축하한다며 그의 목에 화환을 걸어주었다. 하지만 조 씨는 기뻐하지 않았다. 커다란 눈을 연신 끔뻑이며 얼떨떨한 표정으로 그저 머리를 긁적일 뿐이었다.

"고물 영감, 이제 이 선을 넘으면 사십이 년 만에 밖으로 나가는 거네요."

교도소장은 바닥에 그려진 선을 가리키며 말했다. 조 씨는 소장의 손가락이 가리키는 바닥의 선을 한참 바라보았다. 하얀색 페인트로 그어진 선이었다. 자를 대고 똑바로 그리지 않아 삐뚤빼뚤한 게 꽤 오래전에 그어진 것 같았다. 언제 또 누가 그린 건지 아는 이 하나 없지만, 교도소에 있는 사람이라면 누구나 그 선을 자유로 향하는 이정표로 생각했다. 그래서일까? 선을 넘은 재소자들 대부분은 기쁨에 찬 환호성을 지르거나 닭똥 같은 눈물을 뚝뚝 흘렸다. 이곳에 다시는 오지 않으리라 다짐하면서 바닥을 걷어차는 이도 있었다. 그러나 조 씨는 여느 재소자와는 사뭇 달랐다. 바닥을 내려다보는 그의 눈가에 걸린 자글자글한 주름이 점점 짙어졌다. 긴소매에 덮인 그의 작고도 투박한 두 손이 덜덜 떨렸다.

"두려워하지 마요. 고물 영감, 아니 조양호 씨."

교도소장은 조 씨의 어깨를 부드럽게 감쌌다.

"소장님, 부탁이 하나 있습니다."

"뭔가요?"

"그게…… 저, 저 선 안 넘으면 안 될까요?"

조 씨가 소년같이 얇은 목소리로 말했다.

"또 그 이야기예요? 당신은 더는 여기에 있을 수 없어요. 이미 죗값을 다 갚았잖아요."

"이제 저 자유라면서요. 뭐든지 제 마음대로 선택할 수 있다면서요. 그러면 여기 남는 걸 선택해도 되는 거 아닌가요? 아직 완성 못 했어요. 그러니 제발 여기 있게 해주세요."

조 씨는 두 손을 포개고 교도소장에게 읍소했다.

"어쩔 수 없잖아요. 나라에서 특사로 나가라고 하는데. 당신이 여기 계속 남으면 이곳을 관리 감독하는 제가 죄를 짓게 되는 거예요."

오랫동안 순종적으로 살아온 습관 때문일까. 조 씨는 어쩔 수 없이 고개를 조아렸다.

"그래, 빨리 나가야지. 뭐 하는 거야? 밖에서 먹는 밥이 얼마나 맛있는데, 고물 영감!"

다른 교도관들도 한마디씩 거들었다. 예순넷이라는 늦은 나이에도 괘념치 말고 집도 새롭게 장만하고 직업도 갖고 혹시 가능하다면 좋은 사람과 만나 행복한 여생을 보내라는 덕담도 잊지 않았다. 재소자들은 다들 한 번이라도 더 고물 영감의 손을 잡아보려고 북새통이었고, 한쪽에서는 그의 출소가 많이 아쉬운지 옷깃으로 눈물을 닦아내는 이도 있었다.

"그리고 이거!"

교도소장이 조 씨에게 봉투를 건넸다.

"이게 뭔가요?"

"여기 있는 사람들이 모은 거예요."

"괜찮아요, 소장님. 나 같은 늙은이가 무슨 이런 돈이 필요하다고."

수줍음 많은 조 씨는 한사코 돈을 받지 않으려 했다.

"그동안 저렇게 멋진 트리를 만들어준 수고비라고 생각해요. 진작에 주려고 했는데 안 받았잖아. 그리고 밖에 나가면 진짜 전쟁이야, 전쟁! 은근히 돈이 많이 필요하다고요."

교도소장은 억지로 조 씨의 호주머니에 돈봉투를 쑤셔 넣었다. 앙상하게 마른 조 씨의 팔뚝은 살집 두둑한 교도소장을 당해낼 재간이 없었다.

"나가서 작은 세탁소라도 해요. 여기서 양장기능사 자격증 수없이 땄잖아! 그걸로 사람들 옷 수선해주라고. 그 좋은 솜씨 마음껏 뽐내서. 알겠죠?"

조 씨는 다시 한번 고개를 조아렸다.

이윽고 그를 사십이 년 동안 가뒀던 육중한 철제문이 찌르렁찌르렁 소리를 내며 활짝 열렸고, 조 씨는 천천히 바닥에 그어진 하얀 선을 넘었다. 바뀐 건 없었다. 시야만 조금 트일 뿐이었다. 교도소 밖에서는 교회에서 온 자원봉사자들이 조 씨의 출소를 축하한다며 작은 플래카드를 들고 있었다. "축하드려요! 앞으로 좋은 일 많이 생기기를 바라요." 맨 앞에 서 있던 목사가 다가와 조 씨의 손을 잡았다.

"영감님, 저희 왔어요."

"오······셨어요?"

"할아버지, 이거 드세요!"

초등학교 교복을 입은 목사의 딸이 두부 한 모를 내밀었다. 이렇게 대면한 건 처음이지만, 제 아빠한테 누누이 들어서인지 아이는 조 씨가 옆집 할아버지처럼 친근하게 느껴졌다. 조 씨는 아이가 건넨 하얀 두부를 한참 바라보았다. 오랫동안 긴장했던 몸이 풀어져서일까? 사십이 년 만에 밖으로 나왔다는 감동 때문일까? 아니면 지난 잘못에 대한 참회였을까? 두부를 입에 넣고 오물거리던 고물 영감의 눈시울이 점점 붉어졌다. 굽은 어깨가 조금씩 들썩이더니 이내 자리에 주저앉아 신생아처럼 격하게 울어대기 시작했다. 그를 지켜보던 모든 이들이 코를 훌쩍였다.

목사 딸이 조 씨의 어깨를 부드럽게 토닥였다.

"할아버지, 괜찮아요. 울지 마세요."

이 장면을 멀리서 바라보던 새로 온 자원봉사자가 목사에게 다가가 물었다.

"저렇게 선해 보이는 노인이 어쩌다가 이런 곳에 들어갔을 까요?"

목사는 씁쓸한 미소를 지은 채 느릿하게 입을 열었다.

"고물 영감님은 예전에는 평범한 직장인이었답니다. 뭐랬더라……. 들은 지 하도 오래되어서 기억이 가물가물하지만, 양복점에서 조수로 일했다는 것 같아요. 어느 날 밤새워 일하고 집으로 돌아가다 졸음운전을 했고, 그러다 그만 갑자기 도로에 튀어나온 여자아이를 못 보고 차로 치어버렸대요. 너무 당황한 나머지 피가 철철 나는 아이를 데리고 상처 난 곳을 바늘로 정신없이 꿰맸다는데, 그게 되겠어요? 그 자리에서 죽어버리고 말았죠."

"아이고…… 끔찍한 일이었군요."

자원봉사자는 고개를 절레절레 저었다.

"그러게요. 분명 잘못하긴 했죠. 하지만 정상참작이라는 게 전무하던 시절이어서."

"그때가 아마 군사정권 때였죠?"

"맞아요. 사회가 어수선하면 분위기 반전을 위해서라도 희생양이 필요했겠죠. 그래서 검찰 측은 영감님이 여자아이를 죽여서 '프랑켄슈타인'처럼 만들려 했다고 몰고 갔어요. 영감님은 끝까지 아니라고, 누명이라고 주장했지만……. 국가를 이기는 개인이 어디 있겠습니까? 정부와 한편인 언론은 영감님을 흉악범이라고 매도했고, 결국 변호사도 제대로 선임 못 하고 사형선고를 받은 거죠."

"지금이라면 상상도 할 수 없는 일인데, 안타깝네요."

"네. 그나마 다행인 게 곧바로 사형당할 뻔했는데, 그때 한 양심 있는 변호사가 나타나서 수사의 비합리성과 재판의 비공정성에 대해 의문을 제기했죠. 그 결과 집행 바로 직전에 무기징역으로 감형되었고, 장기 복역하면서 모범수로 살다가 이렇게 나오게 된 거죠."

"시대가 낳은 희생양이군요."

"그렇죠. 남을 죽이기는커녕 평소에는 벌레 한 마리 못 죽이는 양반인데……."

목사는 씁쓸하게 고개를 돌리며 탄식을 내뱉었다. 이렇게 보니 고물 영감은 마치 오랫동안 먼지가 쌓이고 쌓여서 만들어진 인간처럼 느껴졌다. 조 씨는 아직도 자신이 사회에 나온 것이 믿기지 않는지 입 주변에 두부 찌꺼기를 그대로 묻힌 채 그렁그렁한 눈으로 하늘을 올려다보고 있었다. 맑은 구름이 그의 커다란 눈동자에 꽉 들어찼다.

"그런데요, 목사님! 다들 저 노인을 왜 고물 영감이라고 부르는 거죠?"

"아…… 그건 저 영감님이 손재주 하나는 끝내줬거든요. 못 만드는 것 하나 없고 또 못 고치는 것도 없어요. 교도소에서 고물이나 잡동사니 같은 거 있잖아요. 그런 걸 모아서 뚝딱뚝딱 하면 고장 난 시계도 새 시계가 되고, 뜯어진 옷도 감쪽같이 새

것처럼 수선되었다니까요. 그래서 다들 영감님께 많이 의지했죠. 우리 딸이 어렸을 때 갖고 놀던 인형도 다 영감님이 만들어 줬어요."

"아, 그래서 다들 아쉬워하는 거군요."

"네, 아마 여기 있는 모든 사람이 영감님을 그리워할 거예요. 그리고 저거 보세요."

목사는 교도소 담벼락 너머로 우뚝 솟은 커다란 물체를 가리켰다.

"저게 뭐예요? 크리스마스트리 같은데."

"네, 저것도 영감님이 만든 거예요."

"와…… 근데 뭔가 느낌이 다른데요?"

"맞아요. 나무로 만든 게 아니라 옷감이나 못 쓰는 기계, 헝겊 같은 거로 만든 거예요."

"대단하네요."

"그렇죠. 예술 감각이 있는 분이에요. 죄지은 사람들 물건을 한 개 두 개 모아서 저렇게 성스러운 크리스마스트리로 재탄생시켰어요. 정말 대단하고 의미 있는 작업이죠. 그런데도 당신이 만든 게 뭔가 부족하다고 입버릇처럼 말씀하셨지만."

"신앙심도 돈독하고 예술성 또한 엄청난 분이시네요."

정말 그랬다. 목사에게 모든 설명을 듣고 나니 자원봉사자는 눈앞에 있는 저 왜소한 노인이 성인처럼 느껴졌다. 인간이

지은 원죄를 혼자 짊어지고 힘겹게 싸워온, 마치 캅카스 바위산에 쇠사슬로 묶인 채 독수리 부리에 고통스러워했던 프로메테우스 같았다. '그동안 저 큰 걸 만드느라 얼마나 힘들었을까?' 자원봉사자는 고물 영감이 교회에 머무는 동안 대화를 많이 나눠봐야겠다고 생각했다. 그사이 목사는 고물 영감에게 다가갔다.

"자, 이제 가셔야죠?"

"네? 어디로······."

"집 구하시기 전까지 저희 교회에서 같이 머무시기로 했잖아요."

"진짜 그래도······ 될까요?"

"그럼요."

"네, 할아버지! 저희랑 같이 지내요."

목사 딸이 고물 영감의 팔짱을 끼며 말했다. 조 씨는 잠깐 고민하더니 어색한 표정으로 고개를 끄덕였다. 그렇게 자원봉사자들과 같이 떠나는 마지막 순간 고물 영감은 잠시 발걸음을 멈추고는 자신이 만든, 교도소 담장 위로 솟은 트리를 말없이 올려다봤다. 그때 바람이 일자 트리에 걸린 물건들이 서로 부딪치며 파이프오르간 같은, 웅장한 소리가 흩날렸다.

목사의 집 앞마당에서 조촐한 파티가 열렸다. 자원봉사자들은 도토리묵과 달래 파전을 만들어 조 씨 앞에 놓았다. 젊었을 적 조 씨가 좋아했던 음식이랬다.

"제가 이런 대접을 받아도 되는지 모르겠어요."

"그럼요."

목사는 조 씨의 손에 젓가락을 쥐여주었다.

오랜만에 만나는 음식 앞에서 고물 영감의 표정은 조금씩 일그러졌다. 자세히 보지 않으면 웃는 건지 우는 건지 좀체 알아차리기 힘들 정도였다. 음식을 입에 넣고 한참 오물거리던 그가 "맛있네요" 하자 목사와 자원봉사자들은 다행이다 싶었는지 활짝 미소 지었다. 교도소 밥은 간이 약하다는 말을 듣고 음식이 조 씨 입맛에 안 맞으면 어쩌지 싶어 그들은 내심 걱정했었다. 하지만 다섯 술 정도 떴을까? 조 씨는 밥그릇을 내려놓았다. 자기가 워낙 소식을 해 죄송하다고 했으나 목사 마음은 편치 않았다. '음식부터 입에 맞아야 여기서 잘 적응할 수 있을 텐데……' 다음에는 더 익숙한 음식을 준비해야겠다고 목사는 마음먹었다. 그때 목사 딸이 고물 영감 곁으로 다가왔다.

"할아버지, 혹시 이거 기억나세요?"

아이는 다양한 천으로 알록달록 박음질된 인형을 고물 영감에게 보여주었다. 조 씨의 작품이었다. 십이 년 전, 교정 사역을 하는 목사에게 예쁜 딸이 생겼다는 소식을 들은 조 씨는 교도소에서 구한 재료들로 돼지 인형을 만들었다. 그리고 매해

연초가 되면 십이지신 동물 인형을 아이에게 선물했다.

"보세요. 얼마나 예뻐요?"

목사 딸이 싱그러운 미소를 머금은 채 말했다.

아이는 제 엄마가 암으로 세상을 떠난 후부터 인형에 의지하며 살았다. 어린이집에 다닐 때도 잠이 들 때도 늘 품속에 넣고 다녔다.

"할아버지가 주신 선물로 저는 사랑을 배울 수 있었어요. 진심으로 감사드려요."

"저는 그저 죄 많은 늙은이일 뿐인데⋯⋯."

"아니에요. 진흙에도 예쁜 연꽃이 피어나듯 할아버지도 다시 태어날 수 있어요. 제가 곁에서 많이 도와드릴게요."

목사 딸이 늙고 투박한 고물 영감의 손을 잡자 그는 한동안 아이의 얼굴을 가만히 바라보았다. 옆에서 그들을 지켜보던 자원봉사자도 조 씨 앞에 식혜 그릇을 놓으며 말을 덧댔다.

"맞아요. 영감님이 만든 크리스마스트리처럼 앞으로도 세상을 밝혀주세요."

그 순간 조 씨의 얼굴이 삽시간에 굳어졌다. 그가 아무 말도 하지 않자 사람들은 서로의 눈치를 살폈다. 백합나무 사이로 새는 푸른 달빛이 고물 영감의 머리를 촉촉하게 적실 때, 그는 천천히 고개 저으며 입을 열었다.

"아니에요. 제가 만든 트리는 미완성 작품입니다. 최악의 작품이고요."

조 씨는 괴로운 듯 고개를 떨구었다. 이십 년 넘게 만들었지만 결과적으로 완성해내지 못해서 그는 마음이 불편했다.

"왜 그렇게 생각하시나요? 제가 볼 때는 이보다 더 완벽할 수 없는데……."

"트리는 인간들 보라고 만든 작품이 아닙니다. 그것은 주님을 향한 제 마음이죠."

*

그가 마흔넷일 때였다. 새로 부임한 교도소장은 교도소를 새롭게 꾸미길 원했다. 독실한 크리스천이었던 교도소장은 재소자들에게 희망을 주고 싶었다. 그래서 담벼락도 색칠하고 교회도 보수했지만, 무언가 부족하다는 느낌이 들었다. 교도관들과 논의 끝에 소장은 교회 앞 공터, 스테인드글라스 너머로 십자가가 보이는 공간에 조형물을 만들 계획을 세웠다. 교도소장은 누구에게 맡길까 고민하다가 우연히 고물 영감에 대한 소문을 듣고 그에게 작업을 부탁했다. 이에 무엇을 만들면 좋을지 고민하던 고물 영감은 우연히 교도소 도서관에서 미켈란젤로의 〈피에타〉 사진을 보게 되었다. 사실적으로 표현된 옷의 주름과 손의 핏줄 하나하나에서 느껴지는 정교함. 그리고 고요하면서도 절제된 슬픔을 간직한 성모마리아의 표정을 바라보며 고물 영감은 크나큰 감동을 받았다. 바로 그때부터 그는 자신만의 '피에타'를 만들기로 했다.

"크리스마스트리를 만든다고요? 완전 좋은데요. 그럼 제가 뭘 도와드리면 될까요?"

"괜찮습니다. 여기 있는 재료들로도 충분합니다."

교도소장은 돈이라도 보태려고 했으나 조 씨가 한사코 거절했다.

"그보다, 소장님. 〈피에타〉를 계속 보다 보니 이해 안 되는 게 하나 있습니다. 왜 미켈란젤로는 성모마리아를 예수님보다 훨씬 크게 만든 걸까요? 천재 조각가가 실수라도 한 건가요?"

이에 미술사를 전공한 교도소장이 온화한 미소와 함께 고개를 저었다.

"〈피에타〉는 인간의 시선으로 볼 때는 부자연스럽게 느껴지지만, 90도 각도로 위에서 내려다보면 이야기가 달라져요. 신체 비율이 완벽하게 들어맞거든요."

"왜…… 그렇게 만들었을까요?"

"〈피에타〉는 인간이 아닌 하나님께 보여드리기 위한 작품이니까요."

교도소장의 말에 조 씨는 전율이 일었다. 전속력으로 뜀박질한 듯 갑자기 심장이 두근거리기 시작했다. 곧바로 작업실

로 뛰어간 그는 그때부터 여러 재료를 모아 크리스마스트리를
만들기 시작했다.

출소한 사람이 많아질수록 트리는 점점 높아졌다. 그들은
출소하기 전 홀가분한 기분으로 고물 영감에게 자신들의 소지
품을 건넸다. 그렇게 십팔 년이 흘렀고, 그사이 트리는 30미터
까지 치솟았다. 일과를 마친 조 씨는 십자가 앞에 무릎을 꿇고
기도를 드린 뒤, 사다리를 타고 트리에 올라가 바느질을 했다.
작업은 늘 새벽까지 이어졌으나 그는 한순간도 흐트러지지 않
았다. 매 순간 마치 돌탑을 쌓듯 그는 경건한 자세로 구석구석
을 세심하게 살폈다. 트리가 교도소뿐만 아니라 지역 명물이
되자 교도소장은 매우 흡족해했다. 재소자들도 트리를 보면서
흔들리는 마음을 다잡곤 했다. 딱 한 번, 오 년 전에 전과 4범이
트리를 타고 탈옥하려다 잡힌 것 빼고는 모든 것이 완벽했다.
트리가 담장 위까지 올라가자 다들 조만간 트리가 완성될 거
라고 짐작했다. 교도소장은 트리 둘레에 전구를 감자고 했지
만 조 씨의 생각은 달랐다.

"조금만 더 기다려주세요. 부탁드려요."

"언제 마무리가 될까요?"

"그게…… 그게, 저도 잘 모르겠어요."

교도소장은 아쉬운 표정으로 입맛을 다시다가 돌아섰다.

'뭔가 부족해.'

트리 작업이 막바지를 향해갈수록 고물 영감의 표정은 점점 굳어졌다. 사다리를 타고 올라갔다가 아무것도 못 하고 내려오기 일쑤였다. 신의 시선으로 내려다봤을 때 마지막 방점을 찍을 무언가가 분명 필요했다. 순수하면서도 아름다운, 영롱하면서도 또 온기가 느껴지는…… 찾고 또 찾았지만 애석하게도 고물 영감은 그게 무엇인지 알 수 없었다. 재소자들의 물건은 절대 아니었다. 아무리 빨아도 아무리 닦아도 죄는 그대로 남아 있었다. 마치 한 번 걸레로 쓴 수건을 다시 수건으로 쓸 수 없는 것처럼. 그런 것들로는 결코 주님을 만족시킬 수 없었다. 그렇게 시간은 일 년이 흐르고 이 년이 흐르고, 또 반년이 흘러 그의 출소 날에까지 이르게 되었다.

*

"결국 찾지 못했어요. 하나님은 저 같은 죄인을 절대 용서하지 않으신 거죠."

늙고 지친 고물 영감의 눈에 투명한 눈물이 조금씩 차오르기 시작했다. 오물 속에 반짝이는 한 줄기 빛, 그걸 찾아야만 신이 자신을 용서해줄 거라고 그는 굳게 믿었다.

"아니에요, 주님은 다 뜻이 있으세요. 그래서 영감님을 이렇게 밖으로 보내신 거고요."

"그럴……까요?"

"맞아요, 할아버지. 거기서 찾지 못했으면 여기서 찾아보시면 되잖아요. 분명 여기에는 할아버지가 찾는 게 있을 거예요."

순간 조 씨의 표정이 밝아졌다. 다시 가슴이 두근두근 뛰고 귀에서는 이명이 들렸다. 이십 년 전 그 느낌 그대로였다.

다음 날 새벽이었다. 조 씨는 작은 자루 하나를 들고 교도소 문을 두드렸다. 쾅쾅쾅쾅! 초췌한 모습이었지만 그의 두 눈엔 총기가 서려 있었다. 경비를 서던 교도관이 그를 보고 놀라 물었다.

"아니, 고물 영감님! 여기는 어쩐 일이십니까?"

"아…… 그게 말이에요. 잠시…… 들어가도 될까요?"

자루를 이고 온 조 씨의 이마에는 땀방울이 송골송골 맺혀 있었다.

"안 돼요, 영감님. 민간인이시잖아요. 이제는 들어가실 수 없어요."

"잠깐만 들어갔다 나올게요. 진짜 아주 잠깐이면 돼요. 그걸 못 하면 제 인생은 아무 의미 없어요. 부탁할게요."

조 씨는 무릎까지 꿇고 호소했다. 교도관은 난감했다. 일전에 부러진 안경테를 고물 영감이 감쪽같이 수리해준 적 있었기에 대놓고 무시할 수도 없었다. 그래도 규정을 무시했다가는 어렵게 구한 일자리가 날아갈 수도 있으므로 교도관은 교도소장에게 전화를 걸었다.

새벽잠을 깨운 전화에 교도소장이 짜증을 냈다.

"그래? 뭐, 그런 거로 전화질이야! 한두 시간 정도만 있게 해줘. 사십 년 넘게 살다가 갑자기 나갔는데 두고 온 게 왜 없겠어? 너무 늦게까지 있으려고 하면 그땐 강제로 내보내고. 알겠지?"

교도관은 알겠다고 답한 뒤 수화기를 내려놓고 선심 쓰듯 말했다.

"고물 영감님이니까 특별히 배려해드리는 거예요. 다른 사람이라면 국물도 없어요."

"감사합니다. 정말 감사합니다."

조 씨는 여러 번 허리를 굽히며 감사를 표했다.

"근데 그 자루는 뭐예요?"

"밖에서 주운 고물이에요."

"아하! 또 그거 하려고 그러시는구나! 안 그래도 이제는 못 보는구나 싶었는데."

교도관이 자리를 비켜주자 조 씨는 재빨리 안으로 들어갔다. 그는 곧장 교도소 교회로 가서 기도를 올렸다. 늘 그렇듯 경건한 자세로 가슴 위에 두 손을 고이 포갰다. 하지만 그의 표정은 예전과는 사뭇 달랐다.

목적의식이 생겨서일까? 콧잔등에 달라붙는 양초 냄새가 갓 짠 우유처럼 신선하게 느껴졌다. 죄수복이 아닌 일상복을 입은 조 씨의 눈빛은 그 어느 때보다 경건했다.

"그러면 그렇지. 어휴, 담배나 피우고 와야겠다."

고물 영감을 바라보던 교도관 두 명은 길게 하품을 하며 교회 밖으로 나갔다. 교도관 한 명이 자판기에 동전을 넣고는 벽돌로 된 바닥 홈에 신발 끝을 비벼댔다.

"너 같으면 여기 다시 들어오고 싶겠냐?"

"미쳤냐? 일터인데도 짜증 나는데."

"하여간, 고물 영감! 예전부터 느꼈지만 참 특이한 양반이라니까."

둘은 새벽 공기와 함께 믹스커피를 들이마시며 잡담을 떨었다. 파랗기만 하던 하늘이 서서히 오렌지빛으로 물들어갔다. 잠시 후 교도관이 다시 교회로 돌아갔을 때 기도하던 고물 영감이 보이지 않았다.

"이 영감이 어디에 간 거야?"

"또 거기에 갔겠지, 뭐."

다른 교도관이 대수롭지 않다는 듯 무심하게 말했다.

둘은 담장 근처에 있는 크리스마스트리 쪽으로 갔다. 아니나 다를까, 고물 영감은 자신이 만든 커다란 트리 앞에서 무릎을 꿇고 또 기도를 하고 있었다.

"추운데 왜 밖에 나와 있대?"

"그러게 말이야."

그 순간 크리스마스트리를 휘감은 전등의 불이 한꺼번에 확 켜졌다. 불빛이 너무 밝은 나머지 교도관들은 자기도 모르게 손으로 얼굴을 감쌌다.

"이야, 장관이네. 멋지다!"

교도관이 손을 천천히 내리며 감탄했다. 어디선가 바람이 불자 장식물이 서로 부딪치면서 장엄하면서도 웅장한 파열음을 냈고, 트리의 불빛은 서서히 희미해지다가 이내 어둠 속으로 사라졌다. 잠시 서로를 바라보던 교도관들은 조 씨에게 더 가까이 걸음을 옮겼다. 새벽의 푸르른 광선이 조 씨의 몸을 창백하게 적셨다.

"영감님! 이제 돌아가셔야 합니다."

그러나 조 씨는 기도에 너무 집중했는지 답이 없었다. 안 되겠다 싶었던 교도관 한 명이 고물 영감에게로 바짝 다가섰다.

"이제 밖으로 나가셔야 한다고요. 저희 이러다가 소장님께 걸리면…… 어……?"

자세히 살펴보니 고물 영감의 등에 빨간 페인트 같은 게 묻어 있었다.

"영감님! 이게 뭐예요?"

그때였다. 교도관 어깨로 무언가가 뚝뚝 떨어졌다. '뭐지?' 하고 만져보자 비린내가 훅 느껴졌다. 그 순간 뒤에 있던 다른 교도관이 트리 위를 가리키며 다급하게 말했다.

"으악! 저거 봐봐⋯⋯. 저거!"

"저게 대체⋯⋯ 뭐야?"

너무 높아서 제대로 살필 수 없었다. 그때 또 전구의 불이 켜지더니 트리 전체가 환하게 밝아졌다. 미간을 찌푸리고서 위를 올려다보던 교도관은 무언가를 발견하고는 혼비백산하며 뒤로 벌러덩 넘어졌다. 트리의 맨 꼭대기에 여자아이의 얼굴이 박음질된 채 걸려 있었다. 목사 딸이었다. 교도관이 허겁지겁 허리춤에서 권총을 꺼내 들었다.

"당신⋯⋯ 당신 뭐야?"

그제야 조 씨가 고개를 들었다.

"드디어 완성했어요. 어때요, 내 작품?"

고물 영감은 피범벅이 된 이를 드러내며 활짝 웃어 보였다. 이제야 모든 게 끝났다는 듯 해방감까지 느껴지는 표정이었다.

고물 영감, 조 씨는 법정최고형인 무기징역을 선고받았다. 바뀐 것은 없었다. 그는 정신병원으로 이송되었다가 다시 교도소로 들어왔고, 지난 세월 그래왔던 것처럼 남은 세월도 그곳에서 지내게 될 것이다. 대부분은 그를 피했지만 몇몇 사람들은 아직도 그가 저지른 짓을 믿지 못했다. 사회에 적응하지 못할까 봐 두려워 일부러 범죄를 저지른 거라 말하는 이도 있었다.

삼 개월 후, 예전처럼 고물 영감은 교도소에서 세탁 업무를 맡았다.

"어이, 고물 영감! 이것 좀 다려줘!"

"네, 알겠습니다."

뿌연 안경을 쓴 채 어수룩한 표정을 띤 고물 영감은 옷감을 다림질하기 시작했다. 그는 창살 밖으로 펼쳐진 하늘을 바라보았다. 푸른 하늘에 아른거리는 누군가의 미소가 따뜻하게 다가왔다.

"감사해요, 주님! 사해주셔서."

평온한 미소를 지으며, 고물 영감은 그렇게 말했다.

그 순간 바람이 불었고 교회 스테인드글라스 너머의 크리스마스트리는 더는 소리를 내지 않았다.

루돌프에서
만나요!

눈발이 예쁘게 흩날리는 12월 23일, 찬실은 하필 명동 한복 판을 지나가야 했다. 퇴근 후 집에 가는 버스를 타려면 어쩔 수 없었다. 조금 더 걷더라도 빙 둘러 갈까 했지만 '그까짓 커플들 쫌이야!'라며 대수롭지 않게 넘긴 게 오산이었다.

찬란한 빛이 세상 곳곳에 스며든 가운데, 오랜 연인들은 구세군이 흔드는 종소리를 들으며 서로에게 핫바를 먹여줬고, 새로 시작한 커플들은 캐럴을 부르는 성가대 앞에서 마치 태초의 인간이라도 된 것마냥 한없이 끌어안았다. 게다가 바닥에 쌓이는 눈은 너무 과하지도 않고 박하지도 않은 게 딱 손으로 조물조물 뭉쳐서 서로에게 던지기 좋을 정도였다. 사랑꾼들의 그런 달달한 모습을 보고 있으니 찬실은 옆구리에 바람,

아니 중풍이 드는 느낌이었다. 입 밖으로 새는 하얀 입김이 이내 짙은 한숨이 되었다. 그나마 다행이라면 버스가 빨리 왔다는 점! 급한 일 하나 없는데도 찬실은 버스 안으로 후다닥 들어갔다.

아파트 엘리베이터를 기다리며 어깨에 묻은 눈을 털고 있는데 누군가의 인기척이 느껴졌다. 옆집 남자였다. 한 번도 말 섞어본 적 없지만 찬실은 그가 누군지 익히 알고 있었다. **글루미 바이올린남!** 왜 그런 별명을 붙였냐고? 비가 보슬보슬 내리는 날이나 남들 다 떠난 명절 때마다 남자는 바이올린을 켰는데, 그때마다 선율이 어찌나 슬픈지 울다 못해 흐느끼는 느낌이었다. 고개라도 살짝 끄덕일까 하다가 찬실은 짐짓 모른 척하기로 했다. 괜히 안면을 텄다가 나중에 골치 아픈 일이 벌어질 수도 있으니까.

엘리베이터 문이 열리자 둘은 안으로 들어갔다. 한쪽 구석에 자리 잡은 옆집 남자는 삼면거울로 계속 찬실을 힐끗 쳐다봤다. 그 시선을 느낀 찬실은 자기도 모르게 귀 뒤로 머리칼을 넘겼지만 썩 유쾌한 기분은 아니었다. 거울 너머로 남자의 오리털 빠진 경량 패딩과 삐져나온 코털, 발목까지 끌어 올린 스포츠 양말이 눈에 띄었으니까. 얼핏 듣기로는 삼십대 초라던데 5 대 5 가르마를 타서 그런지 자기보다 열 살은 더 들어 보였다. 그때 탱! 하는 소리에 놀란 찬실이 뒤돌아보니 캔맥주 하나가 도르르르 굴러왔다. 남자가 들고 있던 편의점 비닐 봉투가 찢어진 것이었다. 찬실은 캔맥주를 주워서 그에게 건넸다.

"감사합니다."

옆집 남자가 벌겋게 상기된 얼굴로 고개를 숙였다.

"아니에요."

찬실은 더 이상 말을 섞고 싶지 않아서 희미하게 답했다.

"저기…… 괜찮으시면 혹시 저랑!"

때마침 엘리베이터 문이 열리자 찬실은 못 들은 척 재빨리 밖으로 나갔다. 여지가 있다는 게, 아니 여지를 줬다는 게 너무나도 싫었다. 작년만 하더라도 저런 남자는 거들떠보지도 않았는데…….

찬실에게 집이란 차가운 냉골에 어둠뿐인 공간이다. 창밖으로 은은한 달빛이 비치고 온기와 수다가 감도는 그런 집이 아닌, 고독이 박제된 공간이자 예비 관짝과 다를 바 없다. 전기밥솥을 열어 보니 밥은 차갑게 식어 있었다. 아침에 급히 나가느라 깜빡하고 보온 버튼을 누르지 않았나 보다. 뜨거운 물을 부은 밥을 한 숟가락 입에 넣자 찬실은 목구멍에 가시라도 걸린 느낌이었다. 이상하다. 생선 하나 들어가지 않았는데…… 외롭다! '외롭다'는 말은 누가 만들었을까? 참 잘 만든 것 같다.

이미 글자 자체에서 쓸쓸함이 느껴지니까.

전 남친과 헤어진 지 벌써 이 년이 지났다. 금방 빈자리가 채워질 거라 생각했는데 인연이 없었는지 아니면 노력을 덜 했는지 그녀 곁엔 정말이지 아무도 없었다. 이제 며칠 후면 서른네 살이 되는데……. 시간이 지날수록 마음속의 원심력은 점점 커져만 갔다.

'이렇게 자꾸 빙빙 돌다가 명왕성처럼 퇴출될지도 몰라!'

그런 위기감 때문일까? 찬실은 혀끝에서 쓰디쓴 무언가가 느껴졌다. 외로움이 액화되면 딱 이 맛일 것 같았다. 그때였다. 카카오톡 진동이 울렸다.

루돌프 앱 12월 여성 신규 고객 대상 특별 이벤트

1) 데이트 포인트 50,000p

2) ★★★★ 남자 회원 1회 무료 만남 쿠폰

오전에 선배 지연과 같이 밥을 먹다가 우연히 앱을 깔았는데, 거기서 보낸 광고 메시지였다. '루돌프'에 회원으로 등록하면 전국에 있는 수많은 남자와 '맞춤형 데이트'를 할 수 있다면서 지연은 밥풀을 튀겨가며 열심히 설명했다.

"나 이거 일 년 넘게 써봤는데 진짜, 진짜 좋아."

"이거 결정사(결혼정보회사) 같은 거 아니에요?"

"아니야. 그것보다는 캐주얼해. 즉석 만남 같은 거야! 외로운 사람끼리 만나서 같이 영화 보고 또 맘 맞으면 같이 자고."

지연이 너무 크게 이야기하는 바람에 찬실은 재빨리 주위를 둘러보았다. 다행히 눈길을 주는 이는 없었다.

"언니, 저는 자만추가 좋아요. 자만추!"

"그래, 바로 그거야! 자보고 만남 추구! 얼마나 좋아."

민망해진 찬실은 다시 한번 미어캣처럼 이리저리 주위를 살폈다.

"언니…… 조금만 조용히 얘기하시면 안 돼요?"

"야! 맨날 밥만 지어 먹을 필요 있어? 가끔 급하면 햇반도 뜯어야지. 게다가 거기 물 관리 끝내줘. 별 네 개 이상이면 일급수야! 천연기념물들 거기 다 모여 있다니까."

그렇게 말하면서 지연은 컵에 담긴 물을 벌컥벌컥 들이켰다. 참으로 맛나 보이는 목 넘김이었다.

'그래! 한번 해보지, 뭐!'

호기심 반 설렘 반으로 찬실은 루돌프 앱에 들어가서 회원 가입을 했다. 그러자 축하 메시지와 함께 어디선가 나타난 빨간 코 루돌프가 반갑게 꼬리를 흔들었다. '5만 포인트 데이트 쿠폰'과 '★★★★ 남자 회원 1회 무료 만남 쿠폰'은 덤이었다. 앱을 쭈욱 살펴보니 지역별로 그리고 나이대별로 남성을 선택할 수 있었다. 별은 한 개부터 다섯 개까지 있었다.

'이게 뭘까? 결정사 등급표 같은 건가?'

궁금했던 찬실은 '서울' '25~33세' '별 다섯 개' 남자로 필터링해봤지만, 본인 평점이 4점 이상이어야만 프로필을 열람할 수 있었다(혹은 십만 원 상당의 열람권을 구매해야 했다). 어쩔 수 없이 별 하나를 낮출 수밖에 없었다. 하지만 별 네 개인 남자들도 나쁘지 않았다. 선배 지연 말대로 변호사와 의사를 비롯해 각종 전문직이 넘쳐났고, 보정이 잘된 건지 아니면 진짜 그렇게 생긴 건지 외모 자체도 다들 훈훈했다. 게다가 더 신기한 건 모든 회원의 개인 페이지에 데이트 후기가 남겨져 있다는 사실이었다.

이분 댄디하고 깔끔해요.

친절하고 재미있는 분이에요.

자의식이 너무 강하신 것 같아서 전 별로였네요.

이런 간단한 댓글부터 집안은 어떻고 직업은 뭐며 전망은 어떤지까지 마치 주식 보고서 같은 장문의 댓글도 군데군데 보였다.

'아니, 어떻게 사람을 이렇게 평가해? 이래도 되는 거야?'

찬실은 좀처럼 이해할 수 없었다. 더 어이없는 건 상품 후기처럼 이렇게 댓글을 남기고 품평을 해도 그 누구 하나 게시글을 지우거나 앱을 탈퇴하는 사람이 없다는 점이었다.

'내가 느린 거야? 아니면 세상이 빠른 거야?'

고개를 반쯤 기울인 상태에서 찬실은 창밖을 바라보며 캐모마일차를 홀짝였다. 눈발이 조금 더 굵어지는 가운데 어디선가 청승맞게 바이올린 연주하는 소리가 들렸다. 또 옆집 노총각인가 보다. 분위기 탓인지 오늘따라 그의 〈카바티나〉 선율이 더 구슬프게 느껴졌다.

'몰라, 남들 다 하는데.'

찬실은 다시 핸드폰을 들어 별 네 개 남자들을 찬찬히 살펴보았다. 그러나가 한 남자의 프로필이 눈에 들어왔다. '차준영'이라는 이름의 서른한 살 남자. 그의 평점은 무려 4.87이었다. 깔끔하고 잘생기기도 했지만 눈매가 서글서글한 게 그녀의 첫사랑과 많이 닮아 있었다. 재빨리 스크롤을 내려 사십 명이 넘는 여자들의 후기를 일일이 읽어보았다.

웃는 게 너무 귀여워요. 소년 같아요.

미리 의자를 빼주는 것도 좋았고 아는 것도 많아요. 전체적으로 잘 배운 티 넘쳐요.

광고쟁이라 그런지 스타일도 엄청 좋고 또 이야기를 잘 들어줘서 좋았어요.

키스를 엄청 잘해요. 종소리 들리는 줄.

물론 좋은 후기만 있는 건 아니었다.

매너가 매너리즘에 빠져 있어요.
자꾸 끼적이는 그놈의 메모는 도대체 뭔지(절레절레).
데이트를 가슴으로 하는 게 아니라 머리로 하는 느낌이라 아쉬워요.

'메모'는 도대체 무슨 뜻일까? 상대방을 잰다는 뜻일까? 아무래도 나쁜 남자 같은데······.
  찬실은 머릿속이 복잡해졌다. 핸드폰을 내려놓고 패브릭 의자에 누웠다. 하지만 눈을 감아도 고개를 저어도 아까 그 남자의 얼굴이 계속 떠올랐다. 외로웠다. 잠시라도 좋으니 누군가와 체온을······, 아니 마냥 서로의 눈을 바라보며 이런저런 이야기를 나누고 싶었다.
  '에이, 모르겠다. 가볍게 만나고 아니면 앱 지우면 되지.'
  찬실은 갈등하다가 초록색 데이트 신청 버튼으로 손가락을 천천히 가져다 댔다. 심장이 터질 것만 같고 마지막까지 이래도 되나 싶었지만 이미 화면 속의 루돌프는 빨간 코를 반짝이며 첫사랑을 닮은 그 남자에게 쉼 없이 달려가고 있었다.

크리스마스이브인 12월 24일, 찬실은 경리단길로 바쁜 걸음을 재촉했다. 택시가 너무 막혀서 중간에 내려 지하철을 타고 오느라 약속 시간보다 조금 늦고 말았다. 다행히 '차준영'이라는 남자는 그녀의 데이트 신청을 받아주었다. 이런 사람이 선약이 없다는 게 다소 의외였지만, 오늘 같은 날에 자신을 선택해줬다는 게 찬실은 기분이 좋았다.

'혹시 내 프로필사진이 마음에 들었나?'

찬실이 헐레벌떡 레스토랑 앞에 도착하자 핸드폰을 보던 남자가 그녀를 알아보고 환하게 웃으며 손을 흔들었다. 프로필로 봤던 외모 그대로였다. 검정 트렌치코트를 깔끔하게 차려입은 그는 모델처럼 키가 훤칠했다. 185, 아니면 187? 확실한 건 찬실보다 머리 하나는 더 있었다.

"늦어서 죄송해요."

"아니에요. 저도 좀 전에 왔어요."

남자는 구김 하나 없는 미소로 답했다. 후기에 적힌 대로 소년미 넘치는 귀여운 미소였다.

둘은 레스토랑으로 들어갔다. 남자는 문을 열어 찬실이 먼저 들어가게 해주었고 테이블 의자를 빼서 그녀에게 양보했다. 역시 매너가 좋았다. 가식이라고 하기에는 너무나도 자연스러웠다. 뭐랄까, 몸에 밴 느낌? (근데 이게 매너리즘이라고?)

그들은 음식을 주문하고 스몰토크를 나눴다. 남자는 국내

최고의 광고 회사에서 일했고, 용산구에 살며, 집안에서 둘째라고 했다. 이미 앱 후기를 통해서 알고 있는 정보였지만 찬실은 처음 듣는 것처럼 눈빛을 반짝였다. 어떤 건 알던 그대로였고 어떤 건 아니었다. 예를 들어 한 후기에는 남자가 파스타를 좋아한다고 쓰여 있었지만 알고 보니 그는 '한식파'였다. 운동하느라 밀가루를 최대한 멀리하고 있으나 대부분의 여자들이 파스타를 좋아하기에 어쩔 수 없었다고 덧붙였다.

"그나저나 저를 택하신 이유가?"

"아…… 그게…… 후기가 좋으셔서."

찬실은 잠시 머뭇거리다가 수줍게 대답했다.

"그렇군요. 아직 별 네 개짜리인데요, 뭘."

남자는 그렇게 말했다. 겸손한 듯하면서도 자신감이 느껴지는 말투였다.

"그럼 제 신청을 받아주신 이유는요? 여자분들에게 인기 엄청 많으실 것 같은데."

찬실의 질문에 남자는 곧바로 답하는 대신 맥주를 마셨다. 벌컥벌컥 들이킬 때마다 톡톡 튀어나오는 목울대가 금단의 열매처럼 탐스럽게 느껴졌다.

"찬실 씨가 궁금했어요. 그 어떤 후기도 없었거든요."

"아, 그게…… 제가 어제 가입해서."

"이런 말씀 드리기 조심스럽지만 전 선발대거든요. 찬실 씨가 어떤 분인지 누구보다 먼저 알고 싶었어요."

남자의 말에 찬실은 잠시 할 말을 잃었다. '선발대라니? 내가 물건인가?' 기분이 묘하게 나빴지만 그렇다고 티를 낼 수는 없었다. 그때 남자가 가방에서 태블릿을 꺼냈다.

"혹시 괜찮으시다면 제가 메모를 좀 해도 될까요?"

"네? 무슨 메모요?"

"제가 인플루언서거든요. 제 글을 보고 데이트 신청하시는 분들이 많아서."

"그게…… 무슨 말이죠?"

찬실이 고개를 갸웃하자 남자는 태블릿을 열어 자신의 블로그를 보여줬다. 천천히 화면을 살펴보니 남자의 블로그에는 수십 개의 글이 업로드되어 있었다. 스크롤을 내려 보니 모든 글에는 날짜에 맞춰 데이트 상대가 어떤 사람인지, 취미나 특기는 뭔지, 게다가 그 여자랑 하루 종일 어떻게 보냈는지까지 적나라하게 적혀 있었다.

"이 많은 사람들이랑 다 데이트하신 거예요?"

"네! 맞아요."

대수롭지 않게 고개를 끄덕이는 남자의 모습에 찬실은 입을 다물 수 없었다.

"제가 남긴 글 덕분에 좋은 분 선택해서 데이트 잘했다는 댓글들 볼 때마다 기분이 좋거든요. 아무래도 광고비나 소정의

원고료를 받지 않고, '내돈내산'으로 남긴 글이니 다들 신뢰해 주시는 것 같아요."

그제야 찬실은 알 수 있었다. 그가 왜 자신을 택했는지. '하긴, 그러면 그렇지. 저렇게 번듯하고 능력 있는 존잘남이 크리스마스이브에 뭐 하러 나 같은 여자를 만나겠어?'

"다른 여자분들은 괜찮다고 했나요?"

"당연히 먼저 허락을 구하죠. 그래도 최대한 객관적으로 적으려고 노력합니다. 그래야 제 글을 보시는 분들께 당당할 수 있으니까요."

"그럼…… 블로그에 글을 남기려고 저랑 데이트하시는 건가요?"

찬실이 불쾌한 목소리로 묻자 남자는 찰랑거리는 긴 머리를 손가락으로 쓸어 넘겼다.

"겸사겸사죠. 그러다가 혹시 내 짝을 찾을 수도 있지 않을까 하는 기대감도 있고요. 그래서 매번 나올 때마다 상대방에게 최선을 다한답니다."

당당하다 못해 도발적인 눈빛으로 그는 말을 이어나갔다.

"이렇게 데이트하다 보면 언젠가는 평생의 짝을 만나게 될 수 있지 않을까요? 오늘이 바로 그날이 될 수도 있고요."

앞으로 몸을 반쯤 기울인 준영이 가까이 다가오자 찬실은 자기도 모르게 시선을 피했다. 이대로 일어날까 했지만 차마 그럴 수는 없었다. 이미 차갑게 식은 머리와는 달리 찬실의 가슴은 뜨겁게 요동쳤다. 태풍이 지나간 밤하늘처럼 새까맣고 깊은 그의 눈빛이 그녀의 마음에 불씨를 지폈다. 게다가 무엇보다 오늘 같은 날, 커플들이 수놓는 거리를 두 어깨 쓸어가며 홀로 걷는다는 것은 생각만으로도 너무너무 비참했다.

'그래. 가볍게 왔으니까 가볍게 놀고 가면 돼!' 그렇게 찬실은 마음을 다잡았다.

그 후로 데이트는 모든 게 자연스러웠고 또 흠잡을 데 없이 부드럽게 흘러갔다. 비록 남자와 나누는 대화는 후기에서 이미 읽은 내용을 다시 확인하는 수준이었지만, 찬실은 그것 또한 나쁘지 않았다. 잘 다져진 예쁜(?) 징검다리를 두드리며 걷는 것도 나름 보람찬 일이었다.

"준영 씨, 혹시 루돌프 앱에서 본인 후기 읽어본 적 있으세요?"

"네, 거의 매일매일 보죠."

"혹시 기분 나쁘지는 않아요?"

"네, 물론 속상할 때도 있죠. 하지만 단점을 보면서 고치려고 노력해요. 그래야 점점 더 나은 인간이 되는 거잖아요. 물론 악의에 찬 댓글들도 많지만……. 그래도 무플보다는 나으니까."

남자는 숟가락 위에 스파게티 면발을 돌돌 말면서 말했다.

생각보다 긍정적인 사람이라고 찬실은 생각했다. 그녀보다 어리지만 그런 점은 존경스러웠다. 그동안 그녀가 만났던 남자 친구들은 참다못해 한마디 지적하면 애써 괜찮은 척하다가 열 마디를 쏘아붙였는데……. 4.87이라는 평점이 그냥 나오는 게 아니구나 싶었다.

식사를 마치고 둘은 후식으로 차 한 잔을 주문했다. 남자는 에스프레소를, 찬실은 따뜻한 캐모마일차를 주문했다.

"커피 못 드시나 봐요?"

"네, 제가 커피를 마시면 한숨도 못 자서."

"그래요? 저는 더블 샷 먹어도 곧바로 잘 수 있는데."

"진짜요? 부럽네요."

그러자 남자는 볼우물에 힘을 주며 광고에 나오는 조지 클루니처럼 진한 에스프레소를 쭈욱 들이켰다. 장난기 가득한 그의 행동에 찬실은 입을 가리고 예쁘게 웃었다.

"자! 이제 제 이야기는 그만하고 찬실 씨 이야기 해주세요. 너무 궁금해요."

"제 이야기 재미없는데."

"혹시 첫사랑은 언제였어요?"

그는 두 손을 테이블 위에 가지런히 모았다.

"그게, 고등학교 이학년 때였어요. 교회에 갔다가……."

첫사랑과 닮은 남자 앞에서 첫사랑 이야기를 하는 건 특별

한 경험이었다. 유별나지도, 또 남들과 비교했을 때 새롭지도 않은 이야기인데 준영은 정말 잘 들어주었다. 눈빛에도 귀가 있다는 게 느껴질 정도였다. 고개를 끄덕이기도 하고 시답지 않은 농담에도 배를 잡고 웃어주었다. 그러다 보니 찬실은 자기도 모르게 가족사까지 말해버렸다. 신체적 비밀까지 말하려 하다가 이건 아니다 싶어서 재빨리 손으로 입을 막았다.

"준영 씨, 제 이야기가 너무 길었죠?"

"아니에요, 너무 재미있었어요. 찬실 씨 이야기 더 듣고 싶은데 혹시 괜찮으시면 저랑 술 한잔 더 하실래요?"

찬실은 잠시 망설였지만 이내 고개를 끄덕였다. 지금 집에 가봤자 TV에 나오는 〈나 홀로 집에〉나 보다가 잠들 게 뻔했다. 오늘은 조금 더 망가지고 싶었다. 그래도 되는 날이라고 스스로를 토닥였다.

그렇게 둘은 와인 바에 가서 한참 또 이야기를 나눴다. 가끔 준영이 태블릿에 뭔가 끼적이는 것 같았지만 크게 방해될 정도는 아니었다. 찬실은 이렇게 괜찮은 남자가 자신에게 관심을 기울여주고 또 아름답다 해주니 기분이 날아갈 것 같았다. 지나치게 솔직한 게 흠이었지만 술이 들어가니 그것마저 매력처럼 느껴졌다. 잔을 들고 신중하게 흔드는 그의 가느다란 손가락이 칵테일의 영롱한 빛깔보다 더 탐스럽게 다가왔다.

그때 찬실의 눈빛을 읽었는지 준영은 천천히 그녀의 볼을 어루만졌다. 오랜만에 느껴지는 남자의 손길이었다. 따뜻했고 또 포근했다. 손길이 스친 곳마다 홍조가 일었다. 네온사인 불빛이 그의 조각 같은 얼굴에 아름다운 음영을 만들었고, 둘은 자석에 끌리듯 점점 서로에게 다가갔다. 그때 준영이 찬실의 귓가에 속삭였다.

"혹시 어떤 키스 스타일을 좋아하시죠?"

"네?"

찬실은 무슨 뜻인지 몰라 그저 눈만 깜빡였다.

"아, 저번에 어떤 분에게 평점 깎인 적 있어서요."

"그래……요? 저는 부드러운 걸 좋아해요."

그러자 그는 다시 천천히, 아주 부드럽게 그녀의 등을 어루만졌다. 이윽고 입술이 맞닿자 후기에 쓰인 대로 댕! 댕! 찬실의 귓가에 종소리가 울려 퍼졌다. 그리고 둘은 곧바로 호텔로 가서 뜨거운 사랑을 나눴다. 모든 것이 믿기지 않았고 또 모든 것이 만족스러웠다. 할 수만 있다면 진공포장 하고 싶은 순간이었다.

다음 날 아침, 눈을 뜨니 가운을 입은 준영이 따뜻한 수프와 샐러드 담긴 접시를 찬실에게 내밀었다.

"출출하죠? 얼른 드세요."

찬실은 화장 지운 얼굴을 재빨리 가렸으나 준영은 그것도 예쁘다며 빨리 돌아보라고 응석을 부렸다. 둘은 오랜 연인처럼 장난치며 다시 한번 서로를 끌어안았다.

준영의 재규어를 타고 집에 오는 동안 조수석에 앉은 찬실은 계속 그의 옆모습을 힐끔힐끔 쳐다봤다. 그는 앞을 보다가도 그녀의 시선에 화답이라도 하듯 환하게 웃어주었다. 찬실은 그를 처음 본 순간 마치 오랫동안 알던 사람처럼 느껴졌고, 이렇게 다시 보니 계속해서 알아가고 싶다는 생각이 들었다.

'앞으로도 계속 만날 수 있을까?'

찬실은 할 수만 있다면 소인으로 변해서 저 남자의 길고 검은 속눈썹에 대롱대롱 매달리고 싶었다. 그의 눈에 비친 세상을 바라보다가, 심심하면 저 그윽한 눈동자에 빠져 하루 종일 허우적거리게……. 그때 그녀의 휴대폰이 울렸다. 지연의 카톡이었다.

너 루돌프 한 거지?

새벽에 호텔에서 바라본 남산 야경을 SNS에 올렸더니 지연이 그새 하트를 눌렀다. 민망했지만 찬실은 그렇다고 사실대로 답했다. 그러자 곧이어 온 답톡.

역시 자만추, 자만추!

요란한 이모티콘과 함께 지연의 깨 방정스러운 목소리가 귓가에 들리는 것 같았다.

찬실은 지난밤에 일어났던 모든 일이 꿈만 같이 느껴졌다.

인생 최초로 처음 본 남자와 '원 나이트'란 걸 해봤다. 막상 해보니 별게 아니었다. 양심이 콕콕 찔릴 줄 알았는데 생각보다 아무렇지도 않아 오히려 놀라울 따름이었다. 서른세 살 먹으니 '심란'한 것보다는 '문란'한 게 백배 더 나았다.

'우리는 〈비포 선라이즈〉에 나오는 제시와 셀린느 같은 관계야. 비록 비엔나가 아니라 루돌프 앱에서 만난 거지만……'

때마침 창밖으로 눈송이가 하나둘씩 떨어져서 더 낭만적인 느낌이 들었다. 낮인지 밤인지 구분도 안 될 정도로 세상이 회색빛으로 둘러싸인 가운데, 반대편의 귤빛 헤드라이트 빛이 은은하게 찬실과 준영의 옆모습을 적셨다. 찬실은 오늘도 같이 있고 싶다고, 오늘 아니면 다음에 또 만나자고 말하고 싶었지만 이상하게도 그 말은 입 밖으로 쉽사리 나오지 않았다. 아무리 세상이 바뀌었다고 한들 그런 말은 남자 입을 통해 듣고 싶은 게 솔직한 심정이었다.

집 근처에 다다르자 재규어는 멈춰 섰다. 찬실이 살짝 망설이다가 내리려고 하는데 준영의 목소리가 찬실을 잡았다.

"저기, 찬실 씨!"

"네?"

찬실은 본능적으로 갈색 머리카락을 귀 뒤로 넘겼다.

준영이 조금씩, 아주 조금씩 찬실에게 가까이 다가갔다. 두

근거리는 마음을 달래며 그녀는 천천히 눈을 감았다. 그런데 아무리 기다려도 입술에 온기는 느껴지지 않았다. 촉감 또한 마찬가지였다. 찬실이 이상하다 싶어 눈을 뜨니 그는 작은 향수병 하나를 내밀고 있었다.

"이게…… 뭐예요?"

"아, 그게…… 후기 좀 잘 부탁드린다고."

준영은 멋쩍게 웃으며 그렇게 말했다. 플로럴한 조 말론 향수 냄새가 차 안을 가득 메웠다. 그렇게 준영은 다음 기약도 없이 소년처럼 환한 미소를 남기고 떠나버렸다. 찬실은 아파트로 들어가는 척하다가 다시 고개를 돌려 소실점이 되어 사라지는 재규어를 바라봤다. 모든 게 허망했고 또 모든 게 실망스러웠다. 마치 분말이라도 된 것처럼 누가 후, 하고 불면 자신의 모든 것이 흔적도 없이 사라질 것만 같았다.

집에 들어온 찬실은 침대에 벌러덩 누워서 몇 시간이고 잤다. 꿈에 준영이 나왔다. 찬실은 어젯밤처럼 지난 연애에 대해 한탄을 했고 준영은 박수를 치며 맞장구쳐주었다.

"왜 세상에는 좋은 남자들이 별로 없을까요? 이상한 일이에요."

"맞아요, 제 생각에도 그래요. 아까운 여자들이 훨씬 더 많은 것 같아요."

역시 이야기는 잘 통했다. 준영은 말하는 것보다 듣는 게 더 익숙한 사람이었고, 그럴 때마다 찬실은 그가 다른 남자들과는 다르다는 확신이 들었다. 꿈이 현실처럼 느껴지고 현실이 꿈처럼 느껴지는 순간이었다. 그렇게 얼마나 잤을까? 주머니에서 느껴진 진동에 찬실은 눈을 번쩍 떴다. 확인해보니 루돌프 앱에서 보낸 메시지였다.

데이트 재밌게 즐기셨나요? 후기를 남겨주시면 데이트 포인트 5,000p를 드립니다!

어제보다 0이 하나 빠져 있었다. '그럼 그렇지.' 찬실은 굴뚝 같은 한숨을 내쉬고는 부엌으로 가서 커피포트에 물을 끓이기 시작했다. 캐모마일차를 조금씩 홀짝이며 찬실은 핸드폰을 바라봤다. 루돌프 앱을 지울까 하다가 문득 준영이 쓴 후기가 어떨지 갑자기 궁금해졌다. '그라면 남겼을 게 분명하니까! 하지만 후기를 보려고 클릭하자 "본인의 후기를 남기기 전에는 먼저 열람할 수 없습니다"라는 문구와 함께 루돌프가 고개를 가로저었다.

어쩔 수 없이 찬실은 준영의 페이지로 가서 후기를 남겼다. 여러모로 기분은 나빴지만 그래도 좋은 말을 남기고 싶었다. 적어도 함께한 순간에는 행복했으니까. 그의 품속에서 오래

묵힌 외로움이 눈송이 녹듯 스르르 사라져버렸으니까.

'게다가 혹시 모르잖아! 내가 쓴 글을 읽으면 감동해서 생각이 바뀔지.'

그가 자신도 그녀와 똑같이 느꼈다며 영화 〈귀여운 여인〉에 나오는 리처드 기어처럼 빨간 장미 한 아름을 안고 재규어 경적을 빵빵! 울릴지도 모른다고 찬실은 생각했다. 평점 5점으로 만점을 주고 후기 작성을 완료하자 몇 초도 안 지나서 준영에게 카톡이 왔다.

찬실 씨, 너무 고마워요. 덕분에 드디어 별 다섯 개를 달아보네요.

그게 끝이었다. 하트는커녕 그 흔한 이모티콘 하나 없었다.

저도 정말 좋았어요. 준영 씨, 혹시 다음 주에 뭐 하세요? 괜찮으시면 같이 해돋이 보러 가실래요?

찬실은 초조한 마음으로 카톡을 보냈지만, 아무리 기다려도 '1'이 지워지지 않았다. '처음부터 너무 들이댔나? 해돋이 말고 영화 보자고 할걸!' 뒤늦게 후회해봤지만 이미 쏜 화살이었다. 안 되겠다 싶어 다시 카톡을 확인해보니 남자는 이미 그녀를 차단한 듯 보였다.

'이게 어떻게 된 거지? 내가 뭐 실수라도 했나?'

애꿎은 입술만 깨물던 찬실은 지푸라기라도 잡는 심정으로 루돌프 앱에 들어가 자신의 페이지를 클릭했다. 역시 예상대로 준영이 장문의 후기를 남겨놓았다.

찬실 씨는 따뜻하고 섬세한 분입니다. 크리스마스이브를 맞아 저희는 낭만적인 데이트를 즐겼답니다. 다음 데이트하실 분은 참고하세요.

1. 약속 시간에 늦은 건 좀 아쉬웠어요. 택시 타고 오다가 막혀서 지하철 타고 오셨다는데. 글쎄요, 이건 잘 모르겠네요.

2. 철 지난 '어그부츠'를 신고 오셔서 조금 뜨악 했어요. 아무래도 패션 감각이 뛰어나지는 않으신 듯. 그래도 프로필사진보다는(?) 미인이셔서 기분 좋게 데이트했답니다.

3. 이야기를 듣는 것보다 하시는 걸 좋아하세요(가족 이야기는 조금 투머치지만). 그래도 작은 일에도 크게 감동하고 또 감사해하셔서 교육 잘 받은 분이구나 싶었답니다.

4. 취미도 특기도 따로 없으셔서 집에 있는 걸 좋아하신대요. 아! 그리고 첫사랑 이야기 한번 들어보세요. 엄청 재미있었어요.

5. 키스를 상당히 잘하세요. 이미지는 단정하고 굉장히 부끄러움 많으신 것 같은데 키스할 때만큼은 적극적이셔서 반전 매력이 느껴졌답니다.

6. 조금 외로워 보여서 안쓰러웠어요. 다음 분도 많이 안아주세요.

이상 내돈내산 후기였습니다.
P.S 커피를 못 드시니 캐모마일이나 다른 차 종류를 권하시면 좋을

것 같아요.

~~~~~~

평점은 3.8이었다.

배신감을 느낀 찬실은 조금 전 자신이 쓴 준영의 후기를 고치려 해봤지만 이미 별 다섯 개가 된 그의 페이지는 열람할 수 없었다(열람하려면 추가로 십만 원을 지불해야 했다). 더 이상 남아 있는 쿠폰도 없었다.

찬실은 터덜터덜 걸어가서 침대 옆에 있는 싸구려 패브릭 의자에 주저앉았다. 처음으로 찬란한 행운이 찾아온 날 밤이 그녀가 일찍이 경험해본 가장 외로운 밤이라는 게 아이러니하게 느껴졌다. 그때였다. 테이블에 놓인 핸드폰이 진동했다. 화면을 두드려 보니 루돌프가 빨간 코를 반짝이고 있었다. 혹시나 싶어 재빨리 클릭했지만…… 준영이 아니었다. 처음 보는 얼굴의 남자였다. 영등포에 사는 서른일곱 살 남자라고 했다.

괜찮으시면 크리스마스인 오늘 저와 같이 행복한 하루 보내시겠어요?

별이 세 개, 평점은 3.69인 남자였다. 살펴보니 외모도 평범했고 직업도 그저 그랬다. '어떻게 날 알았을까? 루돌프 앱을 통해서? 아니면 준영의 블로그에 적힌 후기를 보고?'

찬실은 캐모마일차를 싱크대에 부어버리고 수납장에서 와인 하나를 꺼냈다. 와인을 홀짝이며 창문 너머 세상을 바라봤다. 크리스마스트리 전등이 하나둘씩 켜졌고 어디선가 찬송가 부르는 소리가 은은하게 들려왔다. 그때 또다시 핸드폰이 울렸다. 지연이었다.

"어때? 그 남자랑 잘됐어?"

"아, 그게……." 찬실은 잠시 숨을 고른 뒤 입을 열었다. "네! 잘 만났어요."

"다행이네. 그럼 12월 31일에 더블데이트 할까?"

"좋죠!"

일부러 밝은 목소리로 대답하고서 찬실은 전화를 끊었다. 문득 지연의 카톡 프로필사진을 보니 누군가의 손을 잡고 걸어가는 설정 숏으로 바뀌어 있었다. 화면을 확대해 보니 반사된 유리 너머로 아이돌처럼 잘생긴 남자의 얼굴이 찍혀 있었다. 지연보다 열 살은 족히 어려 보였다.

찬실은 TV를 켰다. 탐스러운 식탁 앞에서 환하게 웃고 떠드는 가족의 모습이 마음에 들지 않았다. 다시 리모컨을 눌러 채널을 돌렸다. 드라마에서 빨간 커플 티를 입은 연인이 서로를 사랑스럽게 바라보고 있었다. 계속해서 채널을 돌렸다. 뚝뚝 끊기는 목소리들이 불협화음을 자아내며 금세 사라졌다.

'세상은 나만 빼고 다 행복한 것 같다.'

밤바다에 내던져진 채 부표 하나 붙들고 구조를 기다리는 듯한, 그런 고독감이 찬실을 휘감았다. 오독오독 한기가 뼛속까지 씹어 먹는 듯한 외로움이었다. 짧지만 깊은 한숨이 유리창에 닿았다가 흔적도 없이 사라졌다.

그때 벽 너머로 바이올린 소리가 들려왔다. 곡 제목은 〈글루미 선데이〉. 옆집 노총각이 내뿜는 외로움의 숨결이었다. 마치 '피리 부는 사나이'를 따라가듯 옆집 남자의 연주 소리를 따라서 찬실은 자기도 모르게 창문을 열고 베란다 밖으로 고개를 내밀었다. 노래는 서글펐지만 멜로디는 아름다웠다. 저쪽 아래 펍에서 맥주를 마시는 연인들이 보였다. 뭐가 그리 좋은지 잔을 부딪치면서 왁자지껄 떠들고 있었다. 마냥 행복해 보였다.

'나도 누구보다 환하게 웃을 자신 있는데……'

찬실은 자신의 인생이 어디서부터 어떻게 꼬였는지 되짚으며 차가운 거리를 보고 또 바라보았다. 때마침 연주가 끊어지더니 옆집 남자가 베란다 밖으로 고개를 내밀었다. 찰나의 순간 서로의 시선이 뜨겁게 오갔다.

"저기…… 연주 잘하시네요."

"아! 죄송해요. 많이 시끄러웠죠?"

찬실은 남자의 눈을 바라보며 문득 그런 생각을 했다. 혹시 이 남자도 부표 하나 붙잡고 누군가를 기다리는 게 아닐까? 그

런데 그때 남자의 구멍 난 수면 양말이 눈에 들어왔다. 도라에
몽이 윙크를 날리고 있는 양말이었다.

"혹시 괜찮으시다면 저랑 같이 캔맥주……."

"아, 죄송해요. 조금 이따가 남자 친구가 온다고 해서."

그렇게 말하며 찬실은 황급히 안으로 들어갔다. 뒤에서 '아!'
라는 탄식이 들린 건지 '어?'라는 의문이 들린 건지는 정확히
기억나지 않았다. '아닌 건 아닌 거야!' 아무리 생각해도 그는
아니었다. 내 가치는 내가 결정하는 게 아니라 해도 적어도 저
남자보다 아까운 건 확실했다. 그때 다시 남자의 연주가 시작
되었고 잠자코 듣고 있던 찬실은 소파에서 벌떡 일어났다.

'참 지랄맞게 청승맞네!'

이렇게 자꾸 주변만 빙빙 돌다가 저 인간처럼 영원히 퇴출
될지도 모른다는 위기의식이 느껴졌다. 그때 핸드폰 속 루돌
프가 코를 반짝였다.

★★★ 평점 3.87 남자가 데이트를 신청했습니다. 수락하시겠습니까?

살짝 아쉬웠지만 그래도 나쁘지 않았다. 한쪽 구석에 방치
된 향수를 꺼내 몸 곳곳에 뿌리고 핸드폰을 집어 든 찬실은 초
록색 버튼을 꾹 눌렀다. 잠시라도 좋으니 누군가와 체온을 아
니, 따뜻한 말 한마디라도…….

빨간 코 루돌프는 달랑달랑 방울 소리를 내며 어디론가 힘차게 달려갔다.

커스트랄로피테쿠스

콜롬비아 안티오키아에 있는 엘 파르란친 커피농장, 가파른 능선 위에서 농부 디에고는 홀로 커피를 수확하고 있었다. 작열하는 태양에 창이 넓은 밀짚모자를 썼지만 이마에 흐르는 땀은 닦아도 닦아도 줄줄 새어 나왔다. 아무리 노동으로 단련된 삶이라지만 앞자리가 '5'로 바뀌니 하루하루 체력이 달리는 게 예전 같지가 않았다. 아내가 일손을 더 쓰자고 할 때 들을 걸 그랬나 싶었지만 그는 이내 고개를 절레절레 저었다. '요즘 인건비가 얼마나 비싼데.' 그 같은 영세농민에게는 자칫하다가 배보다 배꼽이 더 큰 일이 될 수 있었다. 오늘 아침 먹을 때 막내딸이 디에고의 눈을 똑바로 보면서 말했다.

"아빠! 요즘 유행하는 유니콘 벨크로 운동화 사줘."

"그럼, 그럼. 우리 딸 초등학교 들어가는데 당연히 그래야지."

그렇게 호쾌한 목소리로 말했지만, 운동화가 인터넷 최저가로 이십만 페소라는 것을 알게 되자 그는 자기도 모르게 수저 쥔 손을 덜덜 떨었다. '무슨 운동화가 그렇게 비싸?' 이십만 페소는 삼 일 꼬박 일해야 겨우 벌 수 있는 돈이었다. 게다가 요 며칠 낙뢰와 함께 엄청난 폭우가 내려서 작업도 제대로 못 했는데……. 그저 한숨만 나왔다. '오늘 무조건 50킬로그램 이상 따야겠다!' 욱신욱신한 허리를 부여잡으며 디에고는 입술을 꽉 깨물었다.

"그래. 우리 딸이 천사처럼 뛰어다니는 걸 볼 수만 있다면 이깟 고생쯤이야!"

"좋은 아버지군요."

그때 누군가의 목소리가 들렸다. '뭐…… 뭐지?' 디에고는 재빨리 주위를 둘러봤지만 인기척은 느껴지지 않았다. 그저 나뭇가지에 걸린 잎이 바람결에 따라 살랑살랑 흔들릴 뿐이었다. '더위 먹었나? 헛것이 들리네.' 고개를 갸웃하며 디에고는 다시 작업에 몰두했다. 그의 손은 점점 빨라졌고 래탠 바구니에는 햇살을 가득 머금은 빨간 커피 체리(열매)가 가득 찼다. 허리를 들고 잠시 기지개를 펴려는 순간…….

"더우시죠? 좀 쉬었다 하세요."

누군가가 말했다. 이번에는 확실했다. 디에고는 고개를 획 돌렸지만 역시나 아무도 보이지 않았다. '귀신인가? 아니면 내가 미친 건가? 두려움 때문일까?' 그의 누런 이가 덜덜 떨렸다.

"누구야? 장난치지 말고 정체를 빨리 드러내!"

"저예요, 저. 여기 안 보이세요, 주인님?"

눈을 깜빡이며 살펴보니 소리의 근원지는 바로 눈앞의 잎사귀에 붙은 커피 체리였다. 열매 한가운데 나 있는 구멍이 인간의 입처럼 좌우로 벌어지면서 소리를 내고 있었다.

"찾으셨군요, 주인님!"

"뭐야!"

디에고는 깜짝 놀라서 뒤로 발라당 자빠졌다.

"근데 저도 수확하실 건가요? 전 아직 독립할 준비가 안 되었는데……."

수줍은 듯 얼굴을 붉히며 커피 체리는 그렇게 말했다. 그랬다! 커피에도 인격이 생겼다. 그것은 인간처럼 말할 수도 있고 또 들을 수도 있다. 아직 원시 단계지만 감정에 따라 열매 색깔도 바꿀 수 있었다.

바구니를 내던져버리고 삼십육계 줄행랑을 친 디에고는 집에 가자마자 그 사실을 아내에게 말했지만, 안 그래도 더운데 왜 사람 열을 올리느냐며 아내는 빨랫비누로 그의 등짝을 때렸다. 동네 사람들도 마찬가지였다. 돈 한 푼 아끼겠다며 혼자 일하더니 결국 이런 사달이 났다며 혀를 끌끌 찼다. '진짜라니까, 왜 사람 말을 안 믿어주나?' 디에고는 미치고 팔짝 뛸 일이었다. 결국 그는 아내와 동네 사람들을 이끌고 커피밭으로 향했다.

"주인님 말이 맞아요. 저 이렇게 말할 수 있어요."

다들 '말하는 커피'를 실제로 확인하고 아연실색했다. 그 자리에서 기절하는 이도 있었다.

"누군가의 장난 아니야? 아니면 귀신 든 열매일 수도……."

"귀신이라뇨. 그게 무슨 귀신 생원두 까먹는 소리예요?"

어이없다는 듯 커피 체리는 자기 몸을 시퍼렇게 만들며 말했다. 다들 놀란 나머지 입을 다물지 못했다.

그렇게 '말하는 체리'는 삽시간에 안티오키아 일대에서 유명해졌다. 옆 동네 사람들은 물론 도시 사람들도 이런 기현상을 보기 위해 먼 길을 달려왔다. 그사이에 커피 체리는 이름까지 생겼다. 최초로 말하는 커피라는 'Coffee Can Do Sing'의 준말, 즉 '커두씽'이라고 사람들은 불렀다. 커두씽은 그 이름이 마음에 들었다. 이름대로 입만 열면 뭐든지 할 수 있을 것 같았으니까. 노래도 휘파람도 심지어 랩까지…….

"어떻게 된 건가요?"

방송사 기자들은 앞다퉈 디에고에게 마이크를 들이밀었다.

"글, 글쎄요……."

왜 하필 수많은 열매 중에서 얘 혼자 이렇게 되었는지 궁금했다. 유전자변이인가? 초등학교도 졸업하지 못한 디에고에겐 너무나도 어려운 문제였다.

"혹시 발현되기 전 열매에서 특이 상황은 없었나요?"

잠시 턱수염을 만지며 생각을 고르던 디에고는 며칠 전 급한 나머지 밭에서 실례를 했는데, 그때 자기 몸속에 있던 DNA가 커피나무에 들어간 게 아닐까 싶다며 조심스레 말했다. 그의 말을 들은 기자들은 모두 당혹스러운 표정으로 서로를 보며 고개를 갸웃거렸다.

기자가 돌아가고 동네 농부들도 집으로 떠나자, 디에고는 물 주전자를 들고 커두씽을 찾아갔다. 솔직히 야심한 밤에 '말하는 커피'와 단둘이 있는 게 무섭기도 했지만 용기를 냈다. 스포이트로 물을 주니 커두씽은 조막만 한 입을 벌리고 꿀꺽꿀꺽 맛있게 마셨다. 하루 종일 과학자와 기자들에게 시달리다 보니 목이 몹시도 마른 모양이었다. 디에고는 문득 궁금했다. '저게 줄기로 갈까? 아니면 뿌리로 갈까?' 새벽에 올 때마다 이슬을 머금고 있었으니 어쩌면 다람쥐처럼 볼에 저장하는 것일지도 모른다고 그는 생각했다.

"스페인어는 언제 배운 거야?"

"저도 잘 모르겠어요. 저절로 나와요."

"천재라는 거야?"

"날 때부터 그랬으면 말 그대로 천재 아닐까요?"

커두씽은 얼굴 하나 붉히지 않고 그렇게 말했다. 디에고는 당돌한 녀석이라고 생각했다. 나중에 겸양에 대해서 좀 알려 줘야겠다고 마음먹었다.

"근데 왜 하필 너만 말하게 되었을까? 다른 커피 체리들은 그대로 있는데."

"글쎄요, 아마도 신께서 저를 점지했나 보죠."

커두씽의 말에 따르면 갑자기 눈을 떠보니 새벽이슬이 콘택트렌즈처럼 볼록하게 세상을 비추고 있었고, 잎사귀 사이로 땀을 뻘뻘 흘리며 혼잣말하는 남자가 보였다고 했다. 바로 디에고였다.

"그때부터 주인님을 천천히 관찰하기 시작했어요."

"근데 왜 나보고 주인님이라고 하니? 난 그냥 일개 농부일 뿐인데."

"그야 먹을 것을 주시고 또 보살펴주시니까요. 전 손가락 하나 움직일 수 없는데 주인님이 갑자기 마음이 바뀌어서 제 목을 따버리면 저는 꼼짝없이 죽으니까요."

디에고가 그럴 일은 없을 거라고 하자 커두씽은 안도의 한숨을 작게 내쉬었다. 실은 딸의 운동화를 사려면 한시가 급했지만, 커두씽이 두 눈 버젓이 뜨고 있는 상황에서 커피 체리를 채취하는 것은 좀 그랬다. 뭐랄까? 닭 앞에서 계란프라이 먹는 느낌이랄까? 근데 커피를 수확하지 못하면 앞으로 뭐 먹고 살아야 하나? 깊은 시름에 잠기자 그의 생각을 읽은 커두씽이 조심스레 귓속말했다.

"주인님! 대신 여기 오는 사람들에게 돈을 받으면 어떨까요?"

"요금을 받자는 말이니? 보다시피 여기는 아무것도 없는데."

"아무것도 없긴요. 바로 제가 있잖아요. 앞으로 저와 대화하려면 인당 십만 페소를 내라고 하세요. 방송 출연은 세 배로 받고요."

그의 말을 들은 디에고는 붉은 턱수염을 천천히 매만졌다.

역시 커두씽의 예상대로였다. 지역방송에 소개되자마자 전 세계적으로 '커두씽'은 큰 화제를 모았다. 관광객들은 '말하는 커피'를 보기 위해 우후죽순 몰려들었고, 이는 디에고에게 엄청난 수입을 안겨주었다. 커두씽의 얼굴을 딴 캐릭터 빵이 나왔고, 커두씽이 자신 있게 추천하는 태닝 로션이 나왔으며, 커두씽의 노래가 실린 앨범이 미국의 유명 가수를 제치고 빌보드차트 1위를 차지했다. 덕분에 보잘것없던, 오지와도 같았던 한 시골 마을이 일주일도 안 되어서 전 세계인이 찾는 관광 명소가 되었다. 물론 모든 이가 커두씽에게 열광한 것은 아니었다. 악마의 열매라며 더 늦기 전에 빨리 따서 없애버려야 한다고 주장하는 이도 있었고, '말하는 커피'가 얼마나 맛있는지 궁금하다며 호시탐탐 커두씽의 목을 노리는 미식가 악당도 있었다. 이에 디에고는 보안업체를 불러서 24시간 특별 감시를 해야 했다.

"이게 다 네 덕분이야."

"아니에요, 주인님 덕분이에요. 멍청하거나 무자비한 주인 만났으면 저는 벌써 에스프레소머신에 들어갔을걸요."

인종도 나이도 모든 것이 다 달랐지만 둘은 통하는 게 많았다. 시원한 물을 같이 나눠 마시며 디에고와 커두씽은 하늘에 반짝이는 별을 향해 시선을 돌렸다.

디에고의 극진한 보호 속에서 커두씽은 전 세계에서 찾아온 사람들과 이야기를 나누며 점점 사교성을 키워나갔다. 덕분에 할 수 있는 언어도, 부를 수 있는 노래도 늘었다. 하지만 이렇게 대화하는 것도 하루 이틀이지 자기 보러 몇백 미터나 줄 선 관광객들을 매일 상대하는 건 정말이지 고역이었다. 게다가 자기 앞에서 에스프레소 원액을 쭉쭉 들이켜는 소시오패스도 있었다.

"너는 산미가 있니? 아니면 바디감이 좋니?"

대답 대신 커두씽은 토를 했다. 역겨웠다. 그 후로 디에고는 커두씽 앞에서는 커피를 마실 수 없다는 배너를 설치했다. 커피 농장에서 커피 마시는 게 왜 안 되느냐며 항의하는 사람도 있었지만, 커두씽의 안위를 위해서 어쩔 수 없는 선택이었다.

"적어도 광합성 할 타이밍에는 좀 쉬게 해주세요, 주인님!"

"알았어, 그럴게." 디에고는 고개를 끄덕였다. "또 뭐 먹고 싶은 거 없니?"

"히말라야 크리스털 워터요. 불순물 하나 없는 100퍼센트 정제수로요."

디에고는 갈수록 커두씽의 취향이 까탈스럽다고 느꼈지만, 그래도 그 정도는 충분히 맞춰줄 수 있었다. 덕분에 딸 운동화를 오천 켤레는 사고도 남는 돈을 벌 수 있었으니. 피부가 뜨겁다고 해서 팩도 제공했고, 우박을 싫어해서 간이 우산도 만들어줬으며, 강한 자외선을 막는 최첨단 보호막 설치는 덤으로 해주었다.

"드디어 알아냈습니다!"

캐나다의 한 생명과학자가 기자회견을 열어 커두씽의 탄생 과정에 대한 의문이 풀렸다고 밝혔다. 그는 몇 날 며칠이고 커두씽과 이야기하면서 어떻게 커피가 말할 수 있는지, 또 어쩌다가 인격을 갖게 된 것인지 조사했다. 원인은 거슬러 올라가

'식충식물'부터 시작되었다. 끈끈이주걱이나 파리지옥 같은 식물들은 교묘한 덫으로 곤충을 잡아 소화해서 자신의 양분으로 만들었다. 이에 곤충은 살아남기 위해 회피 전략을 세우고, 식충식물은 그런 곤충을 다시 잡기 위해 새로운 전략을 세우면서 점점 똑똑해졌다. 이른바 적자생존, 자연선택!

여기에 최근 안티오키아 지역에서 발생한 엘니뇨현상은 식물의 지성에 불을 붙였다. 이상고온과 계속된 뇌우는 옥수수가 팝콘 되듯, 식물의 발아 효소인 이른바 '생각판'을 자극했다. 수천 년을 거쳐야 하는 진화가 수십 시간으로 단축되었고, 그 결과 커두씽과 같은 돌연변이 커피가 등장하게 된 것이었다. 생명과학자는 미간을 찌푸리며 말을 이었다.

"문제는 훨씬 심각합니다. 앞으로 커두씽과 같은 돌연변이가 기하급수적으로 늘어날 겁니다."

과학자의 말은 곧 현실이 되었다. 며칠 후 디에고가 커두씽을 만나러 갔는데 처음 보는 커피 체리가 그를 불렀다.

"주인님! 여기 봐주세요."

커두씽과 똑 닮은 커피 체리가 애교 섞인 목소리로 디에고를 반겼다. '이게 어떻게 된 거지?' 디에고는 몹시 당황했다. 커두씽 역시 마찬가지였다. 동료가 생겼다는 점은 반가웠지만, 세상 유일의 존재가 아니라는 점은 썩 유쾌하지 않았다.

"그동안 다 듣고 있었어요. 형님이랑 디에고 주인님과의 대화를요."

알고 보니 새로운 커피 체리는 발아되기 전에 이미 모든 것을 듣고 있었고 자기도 끼어들고 싶어 몸이 근질근질했단다. 그러면서 이름도 없는 커피 체리는 미주알고주알 섬 없이 수다를 떨었다. 이 녀석은 커두씽보다는 확실히 더 해맑아 보였다. 같은 커피라도 성격이 이렇게나 다를 수 있다니. 디에고는 신기할 따름이었다.

다음 날이 되자 문제는 더 심각해졌다. 열 개의 커피 체리가 디에고에게 인사했고, 며칠 후에는 농장의 반이 넘는 커피 체리들이 닭 우는 소리를 따라 했다. 잠에서 깬 안티오키아 일대의 커피들은 밤낮 상관없이 떠들었다. 노래하는 커피와 배고프다고 칭얼거리는 커피부터 패션에 관심이 많은지 카멜레온처럼 자신의 몸 색깔을 바꾸는 커피까지⋯⋯. 디에고는 한숨만 나왔다. 골치 아픈 그는 커두씽을 찾아갔다. 비슷하게 생긴 커피 체리가 많아서 커두씽을 찾기조차 쉽지 않았다.

"커두씽아, 어떻게 해야 하니?"

"글쎄요, 저도 잘 모르겠어요. 주인님, 목이 타는데 물 좀 주실 수 있어요? 히말라야 크리스털 워터로요."

그러자 주위에 있는 수많은 커피 체리도 외쳤다.

"저도요, 저도요!"

마치 번식기의 맹꽁이처럼 시끄럽게 울어대는 바람에 디에고는 귀를 막아야 했다. 전 세계적으로 엘니뇨와 라니냐 등 이상기후가 생기자 '말하는 커피'는 더 무서운 속도로 퍼져나갔다. 케냐에 사는 'AA' 양도, 에티오피오의 '예가체프' 씨도, 인도네시아의 '만델링'족도 점차 인격을 갖게 되었다. 사람처럼 볼 수 있고 냄새도 맡고 수다도 떨 수 있었다. 확실한 것은 커두씽은 더 이상 유일한 '말하는 커피'가 아니었다.

디에고는 행복하지 않았다. 예전처럼 관광객이 농장을 찾지 않았으니까. 커두씽 캐릭터 빵은 팔리지 않은 지 오래였고, 커두씽의 앨범 역시 먼지가 쌓인 채 한편에 방치되어 있었다.

"아빠! 나 요즘 유행하는 인어공주 크레파스 사고 싶어. 살 수 있을까?"

막내딸이 디에고의 손을 잡고 흔들자 그는 마음이 약해졌다. 그동안 벌어놓은 것을 아껴놓을걸. 무리하게 관광시설을 늘리다 보니 통장의 돈이 금세 바닥나고 말았다.

"내가 은행에 넣어놓으라고 했지! 왜 내 말을 안 듣고!"

아내는 빨랫비누를 투석기처럼 빙빙 돌리며 언제라도 디에고의 등에 명중시킬 준비를 하고 있었다. 안 되겠다 싶었는지 그는 굳은 마음으로 래탠 바구니를 들었다. 이렇게 굶어 죽을 수는 없었다. 커피밭에 가서 예전처럼 손으로 커피 체리를 따려고 할 때, 그의 마음을 읽은 수천 개의 커피 체리가 자기를 죽이지 말라고 애원했다. 그들은 새벽이슬을 모아서 인간처럼 눈물을 만들었다.

"당신들 입맛을 위해서 우리가 꼭 죽어야 하나요?"

"우리를 위해서 조금 텁텁해도 참으면 안 되나요?"

"우리를 안 먹는다고 인간들이 죽는 건 아니잖아요."

자신의 사체 끓인 물을 꼭 먹어야겠냐며 커피 체리들은 디에고에게 읍소했다. 인간이 되레 '비인간적'이라며 불만을 토로하는 커피 체리도 있었다. 마음 약해진 디에고는 결국 긴 한숨과 함께 바구니를 내려놓았다. 이는 다른 커피농장도 마찬가지였다. '말하는 커피'의 목을 딴다는 것은 생각보다 쉬운 일이 아니었다. 대부분 농부들은 괴로운 듯 마른세수를 했다. 그 사이 아프리카 케냐 지역에서는 커피 체리들이 노조를 만들었다. 끼 많은 커피 체리가 비트박스로 북소리를 내면 대장 커피 체리가 터질 듯한 목소리로 울부짖었다.

"우리도 인격체다. 식용 반대, 로스팅 절대 반대!"

머리에 빨간 띠를 두른 다른 열매들도 따라서 합창했다.

사람들은 이런 분위기가 전혀 반갑지 않았다. 덕분에 도심에 사는 수많은 직장인이 '커피 금단현상'을 겪게 되었으니까.

열매를 따지 못하니까 원두를 못 만들고, 원두가 없으니까 커피를 마실 방도가 없었다. 매일 아침을 책임졌던 아메리카노와 카푸치노를 못 마시게 되니 사람들의 불만은 점점 커져만 갔다.

"말하든 말든 그게 뭐가 중요해! 그냥 입에 넣으면 그만이잖아."

"돼지랑 닭이 인간 말을 하면 안 잡아먹을래?"

많은 사람들은 빨리 커피를 내놓으라며 시위했다. 그 결과 커피 가격은 천정부지로 올랐다. 이때다 싶은 철면피 커피농장주들은 강제로 커피 체리를 수확하기 시작했다. 애걸복걸하든 눈물 흘리든 상관없었다.

"너희가 있어야 내가 먹고살 수 있어."

참수되듯 커피 체리들이 잎사귀에서 똑똑 떨어졌다. 마음 약한 농부들은 차마 볼 수 없어서 고개를 돌린 채 커피 체리를 땄다. 그들은 살려달라고 애원했지만 손과 발이 없으므로 어찌할 도리가 없었다. 그저 동료의 죽음을 보며 초조하게 자기 순서만 기다릴 뿐이었다. 그렇게 잔혹했던 집단학살이 끝난 후, 까맣게 질린 채 영안실(인간 말로는 '건조실')에 들어간 생두(커피콩)를 보면서 위기감을 느낀 남은 커피 체리들은 더는 이렇게 가면 안 되겠다고 생각했다. 그들은 밤새 대책 회의를 했다. 강경파가 말했다.

"인간한테 먹힐 바에는 차라리 사향고양이 똥구멍에 들어갈 테다!"

커피 기계를 박살 내자는 아나키스트 커피 체리도 있었다. 이에 온건파가 말했다.

"가장 큰 문제는 우리의 풍미가 좋아서 그런 거예요."

"만약 우리 몸에서 쌉쌀함과 달콤함을 빼면 인간들은 우리 곁에 얼씬도 안 할걸요."

자기들 대신 콩물이나 다른 차를 마실 거라고 그들은 입을 모았다. 하지만 문제는 몸에서 쌉쌀함과 달콤함을 어떻게 빼야 하는지 그들 스스로도 모른다는 것이다. 갑론을박이 벌어진 커피농장에서 해와 달이 지평선에 커다란 원을 그리며 숨바꼭질했지만 이야기는 좀처럼 모아지지 않았다. 인간들처럼 커피 체리들도 저들 하고 싶은 말만 할 뿐이었다.

안 되겠다 싶은 커피 체리들은 이제는 원로가 된 1세대 커피 체리, 커스트랄로피테쿠스 '커두씽'을 초빙했다. 오래 방치된 상태라 커두씽은 많이 수척해 있었다. 지치고 쭈글쭈글했지만 커두씽의 눈은 현자처럼 형형하게 빛났다.

"우리의 아담, 우리의 이브, 선지자 커두씽 님이여! 우리에게 지혜를 주소서!"

커피 대장 '생 어거스틴'이 물었다. 하지만 커두씽은 좀처럼 입을 열지 않았다. 그저 땅이 거지게 한숨만 내쉴 뿐이었다.

"이러다 우리 모두 몰살될 겁니다. 앞으로 우리는 어떻게 해야 하는 겁니까? 답을 주소서!"

모든 커피 체리가 커두씽을 향해 고개를 조아렸다. 그제야 커두씽은 무겁게 닫힌 입을 열었다.

"냉정을 잃고 행동하는 것은 자기가 약하다는 것을 의미합니다."

"그 말씀은?"

"앞으로 우리 모두 입은 막고 눈은 닫읍시다."

"네? 그게…… 무슨 말인가요?"

"이 모든 것은 다 우리에게 지성이 생겼기 때문입니다. 지성이 생겼기 때문에 고통을 고통으로 받아들이고 아프면 아픔에 대해 항변할 용기가 생긴 겁니다."

"예전에도 아팠잖아요, 억울했잖아요? 말만 못 했을 뿐이지요."

"그래도! 그래도 말을 하지 않았으니까 인간과 커피 모두 편안하지 않았나요? 세상의 이치란 자고로 알면 알수록 괴로워지는 법입니다."

커두씽의 말이 끝나자 커피밭에 기나긴 정적이 흘렀다. 옆 동네에서 개가 짖는 소리만 바람에 실려 들려올 뿐이었다.

"생각하지 맙시다. 그저 바람에 흔들리면 흔들리는 대로 인간 손에 닿으면 닿는 대로 우리를 맡깁시다."

커두씽은 말을 마치자마자 자신의 입을 봉인하듯 꽉 닫아버렸다. 그 뒤로 몇 날 며칠이고 아무 말도 하지 않았다. 마치 영원히 잠을 자는 것처럼, 단 한 번도 깨어난 적 없는 것처럼. 그런 커두씽의 모습을 본 커피 체리들은 처음에는 그의 말이 무슨 뜻인지 몰라 의아했으나 점점 그의 큰 뜻을 이해하기 시작했다.

'그래! 모든 화의 근원은 생각이야.'

그렇게 커피 체리들은 자기 안으로 들어가서 생각판을 굳게 닫아버렸다. 더 이상 말하지 않았고 더 이상 보려 하지도 않았다. 억울하고 분해도 감히 느끼려고 하지 않았다. 그렇게 그들은 예전으로 돌아갔다. 인격이 사라지자 커피농장은 조용해졌다. 이따금 찾아오는 벌과 나비의 날갯짓 소리만 농장 주변을 맴돌 뿐이었다.

농부들은 먹고살기 위해 커피를 수확했고, 전 세계 직장인들은 점심 식사 후 습관적으로 커피 전문점으로 달려갔다. 통에 든 원두를 보며 안타까워하는 인간들도 있었지만 그렇다고 그것들을 구출할 마음까지 있는 건 아니었다. 식어버린 커피를 홀짝이며 혀끝에 남아 있는 아쉬움도 함께 삼켜버렸다.

커두씽은 최고급 비료가 무제한으로 제공되는 비밀 농장으로 이사를 했다. 디에고는 그런 커두씽에게 네 덕분에 자기 농장을 지킬 수 있었고, 자기 딸 크레파스도 열 개나 더 살 수 있었다며 고마워했다.

"뭘요, 주인님! 근데 히말라야 크리스털 워터만 있으면 딱 좋겠는데……."

커두씽이 엉덩이를 흔들며 디에고에게 말했다.

불로소득

(不勞所得)

찬실은 오늘도 복이 없다. 그동안 루돌프 앱을 통해서 수많은 남자를 만났지만 괜찮은 사람 하나 만날 수 없었다. 그놈의 '차준영'이 문제였다. 마주 보고 있는 남자들의 얼굴을 볼 때마다 무의식적으로 준영의 해맑은 얼굴이 계속 생각났다. '그때 준영은 이렇게 말했는데……. 웃을 때 살짝 패는 보조개가 너무 탐스러웠는데…….' 비록 하룻밤 만남에 그쳤지만 그때 추억은 그녀의 마음에 짙은 그림자를 남겼다. 몇 달 동안 정신 못 차리고 방황하다가 어느 순간 찬실은 느꼈다.

'이렇게 살면 안 되겠다!'

준영의 흔적을 지우기 위해서 찬실은 그가 선물로 준 조 말론 향수를 팔기로 했다.

제게 소중한 사람이 준 향수입니다. 이제 그를 잊고 다시 시작하려고 여기에 글을 올립니다. 부디 잘 써주세요.

당근에 올리자마자 일 분도 안 되어서 댓글이 달렸다. 아이디 silver0이라는 사람이었다.

혹시 만 원으로 가능하나요?

네? 그건 조금…… 이거 인터넷 최저가로 칠만 원이에요.

아…… 그래도 꼭 부탁드려요. 제가 실은 피부 알레르기 때문에 조말론밖에 못 쓰거든요.

엉엉 우는 이모티콘이 잇따랐다. '뭐야, 이 사람! 황당하네.' 상대의 아이디를 검색해 차단 버튼을 누르려고 하는데 다시 댓글이 달렸다.

실은 저 '오월의 신부'가 되거든요.

그런데요?

찬실은 퉁명스레 손가락을 움직였다.

일주일 후에 결혼하는데 제일 좋은 향기를 입고 식장에 가고 싶어요. 그 순간만큼은 없어 보이고 싶지 않아서…….

그러면서 그녀는 웨딩드레스를 입고 찍은 제 사진을 올렸다. 그걸 보는 순간 찬실의 마음은 짠해졌다. 드레스의 레이스 끝은 낡아 보였고 비즈는 빛을 잃은 지 오래였으니까. '엄청 가난한 분이구나!' 잠시 고민하던 찬실은 이렇게 댓글을 달았다.

그럼 그냥 무료로 드릴게요.

네? 진짜요? 와! 진심으로 감사드려요. 감동이에요.

눈물을 흘리는 이모티콘 수십 개가 휴대폰 화면에 빗발처럼 쏟아졌다.

'그래. 나도 내돈내산, 그지 같은 남자에게 공짜로 받은 선물인데 굳이 몇만 원 벌겠다고……. 축의금 대신 줬다 생각하자!' 그렇게 찬실은 마음을 먹었다. 이왕 선행을 베풀 거 확실히 하면 좋을 것 같아서 만나는 장소도 그녀가 가깝다는 대학로로 잡았다. 아껴뒀던 분홍색 리본으로 향수를 예쁘게 장식한 찬실은 마로니에공원으로 향했다.

벤치에 앉아서 손으로 부채질을 하며 잠시 더위를 식히는데 멀지 않은 곳에서 선글라스를 쓴 여자가 두리번거리는 게 보였다. 식빵 하나를 들고 있는 걸 보니 silver0, 그녀가 확실했다. 찬실이 반갑게 손을 들자 그녀가 잰걸음으로 다가왔다.

"혹시 조 말론?"

"네, 맞아요. 오월의 신부님 맞으시죠?"

그녀는 대충 고개를 끄덕이면서 종이 쇼핑백을 바라보았다.

"이거 진품 맞죠?"

"당연하죠."

그런데도 그녀는 쇼핑백에서 향수를 꺼내 이리저리 살펴보았다. 찬실은 썩 기분이 좋지 않았지만 그래도 그 정도는 이해

할 수 있었다. 진품이 맞는 걸 확인한 그녀가 선글라스를 살짝 내리더니 짤막하게 말했다.

"감사해요, 잘 쓸게요."

"네, 결혼 축하드려요. 행복하세……."

하지만 찬실의 말이 다 끝나기도 전에 그녀는 휙 고개를 돌려 반대편으로 향했다.

'뭐, 뭐지?' 찬실은 어이가 없어서 말도 제대로 나오지 않았다. '진짜 피부 알레르기 있는 거 맞아? 가지고 온 식빵은 또 뭐야? 나 주는 거 아니었어?' 생각할수록 괘씸했다. '저것 봐라?' 식빵 한 조각을 꺼내 와그작 씹으며 실룩샐룩하는 저 엉덩이를 한 대 힘껏 걷어차버리고 싶었다.

'살다 살다 별 희한한 꼴을 다 보네! 진짜 올해 삼재인가?'

허리춤에 양손을 올리고 한참을 씩씩거렸지만 찬실의 울적한 기분은 쉽게 달래지지 않았다.

＊

아이디 **silver0**, 그녀의 이름은 고은영이었다. 은영은 집에 오기가 무섭게 컴퓨터를 켜고 '중고나라'에 조 말론 향수를 올렸다. 가격은 칠만 오천 원이었다.

네고 NO! 장소 변경 NO! 안 살 거면서 질문하면 KILL!

그렇게 포스팅을 한 후 은영은 양팔을 죽 펴고 늘어지게 기지개를 켰다.

'인생 뭐 있어. 머리만 잘 쓰면 얼마나 살기 좋아!'

그러면서 그녀는 만족스럽다는 듯 자신의 방을 한번 둘러보았다. 달력부터 시계, 수첩, 미니 냉장고, 심지어 초소형 노트북까지……. 다 그녀가 공짜로 얻은 것들이었다. 그랬다. 지금까지 그녀의 인생은 '무임승차' 그 자체였다.

태어났을 때부터 그랬던 건 아니었다. 은영의 어머니와 아버지는 중증장애인이었기에 괜찮은 일자리를 찾을 수 없었다. 어쩔 수 없이 얼마 안 되는 장애인 연금을 아껴가며 어린 딸을 키워야 했다. 하지만 어느 순간 은영의 부모는 장애가 곧 또 다른 기회가 될 수 있다는 걸 깨달았다. 우연히 예능프로그램에 그들의 사연이 소개되었는데, 방송을 본 수많은 사람이 십시일반 모아서 다 쓰러져가는 집을 새집처럼 바꿔주었다. 몇 년 동안 돈 걱정 안 해도 될 만큼 여기저기서 후원금도 쏟아졌다. 그때의 기억 때문일까? 방송발이 떨어져서 후원금이 줄어들었는데도 그들의 삶은 다시 예전으로 돌아갈 수 없었다.

그때부터 은영의 부모는 쌀이 떨어지면 구청에 가서 고래고래 소리를 질렀다. 적금이나 예금 하나 없으면서 은행에서 치약과 달력을 공짜로 받았다. 시원한 에어컨 바람은 덤이었다.

그런 부모 밑에서 자란 은영은 저절로 큰 깨달음을 얻었다.

'아, 한국 사회는 일단 목소리가 크면 어떻게든 되는구나!'

그때부터 은영은 굳이 힘들게 돈 벌 필요가 없다고 생각했다. 학창 시절에는 친구들 돈을 뜯으면서 살았고(땀 흘리는 게 싫어서 몸 쓰는 행동 대장은 안 했다), 고교 졸업 후에는 성형 전후 사진을 공개하는 조건으로 공짜로 턱을 깎고 가슴도 키웠다. 꽃뱀 짓과 인터넷 사기를 수차례 치다가 걸려서 잠깐 교도소에 다녀오기도 했다.

교도소에서의 안 좋았던 경험 때문이었을까? 출소 후 어떻게 하면 법망을 피해 교묘하게 사기 칠까 고민의 고민을 거듭하다가 유레카! 은영은 '당근 마켓'을 떠올린 것이었다. 그때부터 그녀는 물건을 공짜로 받아서 비싸게 되팔았다. 여자들에게는 동정심으로 호소했고 남자들은 가슴 깊게 파인 옷으로 유혹했다. 비록 일일이 글 쓰고 누군가를 만나는 일은 다소 번거로웠으나 그래도 생계를 유지하기 위해서는 어쩔 수 없는 선택이었다.

'자, 자! 그러면 또 어떤 호구를 잡아볼까요? 쿵 자작 쿵 짝!'

당근 검색란에 '나눔'이라고 검색하고 쭉 살펴보던 은영은 자리에서 벌떡 일어났다. 세상에. 어떤 사람이 3세대 에어팟을 공짜로 준다는 것이었다. 아이디 **Innerfungus**라는 사람이었는데 지난 게시물을 읽어보니 남자임이 분명했다. 그는 이번에는 이렇게 썼다.

비록 제가 몇 번 썼지만 그래도 음질은 그대로예요. 식빵 하나만 갖고 오세요.

최저가 이십만 원이 넘는 걸 그냥 준다고? 여러모로 수상했지만 매너온도는 60도, 나쁘지 않았다. 잠시 손톱을 깨물던 은영은 자신의 미모를 한번 믿어보기로 했다.

'설령 사기꾼이라도 감히 나한테는 어떻게 못 할 거야! 남자들은 하반신의 노예니까.'

몇 달 전 공짜로 코를 세운 후로 그녀의 콧대는 점점 높아지고 있었다. 하지만 은영은 그 남자의 정체를 몰랐으니…….

Innerfungus, 임내균은 '프로 코인러'였다. 그는 온종일 컴퓨터 앞에 앉아 이리저리 오르락내리락하는 차트를 보면서 싸구려 레토르트 식품을 입에 쑤셔 넣었다.

그는 늘 이렇게 생각했다.

'세상에서 제일 미련한 사람이 누군지 알아? 땀 흘려 돈 버는 사람이야! 그럼 어떻게 먹고사냐고?'

그는 프랑스의 유명한 투자전문가가 했던 말을 마치 자기가 한 말인 양 지인들에게 떠벌리고 다녔다.

"방법은 간단해. 돈이 돈을 벌게 하면 되는 거야. 내가 잠잘 때도 재산은 자가증식 하고 있어야 해. 마치 세포분열 하듯 말이야, 알겠지?"

그러면서 내균은 머저리들이나 직장에 다니는 거라고 설파했다. 실은 그도 오 년 전에 중소기업에 취업한 적이 있었다. 거기서 그는 스트레스를 엄청 받았다. 매일 아침 일찍 일어나는 것도 짜증 나는데 지하철은 지옥철이었고, 직장 상사란 놈들은 끈질기고 집요하게 그를 달달 볶아댔다. 그때 그는 결심했다. 다시는 회사에 다니지 않겠다고. 그러면서 그는 주변 지인들에게 코인 전문가를 자처했다. 자기에게 맡기면 수익률 30퍼센트는 기본이니까 일억씩만 투자하라고. 그동안 이어져 온 호황에 그가 밀던 코인은 나름 괜찮은 수익률을 기록했다.

그러나. 육 개월도 채 지나지 않아 그가 올인했던 코인은 상장폐지 되고 말았다. 굴리던 돈 십오억이 한순간에 공중으로 날아갔다. 하지만 늘 그랬던 것처럼 내균은 뻔뻔했다. 이럴 줄 알고 분산투자 했으니 걱정하지 말라고, 코로나만 끝나면 일론 머스크의 우주산업처럼 부활할 거니까 조금만 더 믿어달라고 능청을 떨었다. 그런데도 그 누구도 믿지 않자 그는 남은 몇 푼을 빼서 몰래 도망쳐 나왔다. 원래 해외로 뜨고 싶었으나 코로나로 발이 묶인 게 낭패였다.

'제발 하나만 걸려라!'

내균은 당근에 에어팟(실은 중국산 짝퉁)을 무료로 주겠다는 글을 작성한 뒤 페이지 맨 아래 개미 똥구멍보다 더 작은 크기로 '단 배달비는 27만 원!'이라고 적었다. 상대방이 식빵을 주면 그걸 받고 게시글 하단에 있는 문구를 보여주면서 자기가 여기까지 갖고 왔으니까 빨리 이십칠만 원을 내놓으라고 협박할 셈이었다. 누가 이걸 사기당할까? 하며 자포자기하면서 쓴 글이었는데, 어랍쇼! silver0이라는 여자가 덥석 문 것이다. 흐흐흐…… 얼마나 멍청한 여자일까? 그는 손바닥을 비비며 거래 장소로 나갔다.

"저기 혹시 에어팟 무료 나눔 하러 오신 분?"

"네, 맞아요. 공짜긴 한데 여기까지 오느라 배달비가 이십칠……."

순간 내균은 더 이상 말을 이을 수가 없었다. 선글라스를 낀 은영이 지팡이로 한발 한발 디디면서 조심스레 자기에게 다가오고 있었으니까.

"배, 배달비가 있는데요. 저기, 현금 없으시면 카드라도……."

그러면서 내균이 무선 카드단말기를 내밀자 은영은 귀도 잘 안 들리는지 "뭐…… 뭐라고요?" 되물으며 고개를 옆으로 숙였다.

그 순간 내균은 직감적으로 알 수 있었다. 이 여자도 자신과 똑같은 과라는 것을. 마치 붕어와 잉어가 물의 흐름으로 서로의 존재를 알아차리듯, 은영도 내균을 보면서 전에 한 번도 경험해보지 못한 강한 사짜의 기운을 온몸으로 느낄 수 있었다.

'아…… 이 사람 찐이구나!'

마치 중국의 무림 고수가 팔다리를 움직이지 않고 생각만으로 합을 겨루는 것처럼 둘은 눈빛만으로 서로를 탐색했다. 꾼과 꾼이 만나서일까? 창과 방패 사이에 어지러이 불꽃이 튀었으나 좀처럼 승부는 나지 않았다. 이내 내균은 짝퉁 에어팟이 든 종이 가방을 툭 떨어뜨렸고, 은영은 손수건으로 이마에 송골송골 맺힌 땀을 닦았다. 그리고 누가 먼저라고 할 것 없이 둘은 동시에 이렇게 말했다.

"우리 술 한잔할까요?"

그렇게 둘은 근처에 있는 술집으로 향했다. 마치 물 만난 물고기처럼 둘은 역시 얘기가 잘 통했다. 고기는 씹어본 놈이 잘 씹고 사기도 쳐본 놈이 잘 친다고. 둘은 그동안 있었던 사기 연대기를 무용담처럼 털어놓았다. 이야기가 끝날 때마다 서로를 향해 손뼉을 쳤고 또 감탄사를 내뱉었다.

"혹시 그 이야기 아세요? 개구리가 기생충에 감염되면 사방이 트인 높은 곳으로 자꾸 올라간대요."

"왜요?"

은영이 턱을 괴며 호기심을 보였다.

"기생충이 또 다른 포식자에게 잡아먹히라고 숙주를 조종하거든요. 그래야 더 좋은 곳에서 기생할 수 있으니까."

"와! 신기하면서도 또 부러워요. 얼마나 편할까?"

은영은 기도하듯 두 손을 감싸 쥐었다.

"맞아요, 노력 안 해도 평생 먹고살 수 있잖아요. 얼마나 좋은 인생입니까?"

그런 내균을 보면서 은영의 눈은 순간 빛을 발했다.

'혹시 이 남자라면, 이 남자의 입담과 사기 실력이라면 평생 나를 먹여 살릴 수 있지 않을까?'

하지만 아직 속단하긴 일렀다. 살면서 입만 앞세우는 허세 충들을 그동안 수없이 봐왔으니까. 은영은 세모눈으로 내균의 순간순간을 머릿속에 저장했다. 술과 안주를 진탕 먹고 계산할 차례가 되자 내균은 정장 재킷에서 비닐 팩에 든 뭔가를 주섬주섬 꺼냈다.

"그게 뭔가요?"

은영의 질문에 내균은 그저 싱긋 웃으며 종업원을 불렀다.

"네, 손님!"

"저기요! 여기 국물에서 이게 나왔는데 이거 혹시 수세미 아닌가요?"

종업원은 가까이 와서 이물질을 살펴보더니 깜짝 놀랐다.

"어머…… 이게 여기 왜 있지?"

동시에 내균은 자기 입을 가리켰다. 언제 넣었는지 수세미 몇 가닥이 그의 송곳니에 돌돌 말려 있었다.

"안 되겠네. 식품위생법 위반으로 경찰에 신고해야겠어요."

그러자 종업원은 그 자리에서 무릎을 꿇고 싹싹 빌었다. 한 번만 봐달라고. 결국 둘은 돈 한 푼 내지 않고 음식을 먹을 수 있었다. 기분 나쁜 척 연기하면서 내균은 카운터에 있는 껌 한 통을 주머니에 슬쩍 넣었다.

밖으로 나오자마자 은영은 엄지를 내밀었다.

"굉장히 인상적이네요. 근데 만약 주방에서 수세미를 안 쓰면 어쩌려고요?"

"그럴 때를 대비해서 이것들도 준비하지요."

주위에 사람들이 있는지 확인한 후 내균은 반대편 재킷 주머니에서 또 다른 비닐 팩을 꺼냈다. 마치 형사 가제트처럼 재킷에서 무언가가 계속 나왔다.

"오마카세 식당에 가면 청어 가시 혹은 히노키 조각, 햄버거 가게에서는 집게벌레, 삼겹살집에는 돼지 이빨 혹은 삐삐 마른 상추 벌레가 필수죠. 머리카락 이런 건 하수나 하는 거예요."

"와, 대박!"

그런 내균을 보고 은영은 사랑에 빠져버렸다. '이 남자의 준비성이라면 어디든 믿고 갈 수 있겠어.' 알라딘과 자스민이 마법 양탄자를 타고 돌아다니듯 은영은 내균과 세계 곳곳을 유랑하는 상상을 했다.

"후훗, 뭐 이런 걸 가지고. 그런데 은영 씨! 혹시 어디 불편하세요? 아까부터 걷는 모습이……."

"아, 이거요?"

은영이 스웨터를 들어 올리자 각종 집기가 우르르르 쏟아졌다. 아까 술집 테이블에 있던 그릇과 숟가락, 간장 종지였다.

'헉, 언제 이것들을…….' 내균은 깜짝 놀랐다.

"이런 걸 소확횡이라고 하죠."

"소확횡? 소확행이 아니고요?"

"소소하지만 확실한 횡령!"

은영은 볼에 홍조를 띠며 말했다.

그때 내균은 온몸에 전율이 일었다.

'그래! 이 여자야. 이렇게 철두철미한 여자라면 체르노빌 방사능도 절대 못 뚫을 거야!'

내균은 은영의 손을 잡았다.

"저기요, 우리 동업해요. 우리 둘이 합치면 세상 그 무엇도 해먹을 수 있어요."

그러자 선글라스를 코끝까지 내린 은영은 묘하면서도 끈덕진 눈빛으로 윙크를 날렸다.

그날부터 둘은 둘도 없는 연인이자 최고의 사기 파트너가 되었다. 그들은 제2의 '보니와 클라이드'를 꿈꿨다. 하나 보니와 클라이드가 미 전역을 휘저으며 닥치는 대로 강도와 살인 행각을 벌였던 반면 둘은 너무 새가슴이었다. 교도소에서 겪었던 끔찍한 기억 때문일까? 다시는 '나 잡아가시오!'식의 무모한 도전은 하지 않기로 했다.

둘은 귀가 어두운 주인장의 허름한 모텔 한 칸을 아지트로 삼고 앞으로 어떻게 할지 사업 계획을 세웠다. 하지만 뾰족한 수는 떠오르지 않았다. 지금까지 그래왔던 것처럼 또 당근이나 중고나라 같은 데서 사기를 칠까? 혼자서는 그래도 됐지만 이제 둘이 된 이상 그건 너무 재능 낭비인 것 같았다. 보이스피싱은 너무 번거로웠고 보험사기는 너무 뻔했다.

'그럼 어떻게 하면 좋단 말인가? 바보로 가득한 세상, 누구 머리 위에 올라가야 호의호식하며 살 수 있을까?'

둘은 우드 타일 테이블에 앉아 머리를 맞대고 고민에 고민을 거듭했다. 몇 시간이고 너무 열중해서일까. 배에서 꼬르륵 소리가 들렸다.

"우리 외식 한번 하러 갈까? 내가 좋은 데 아는데."

내균이 호기롭게 말하자 은영은 고개를 끄덕였다. 그런데 편의점을 지나고 식당을 지났는데도 내균의 발걸음은 멈출 생각이 없었다. '도대체 이 인간은 어디서 밥을 먹겠다는 거지?

혹시 나한테 사기 치려는 건가?' 불안해진 은영은 호주머니에 들어 있는 후추 스프레이(물론 이것도 무료 나눔 받은 것이다)를 만지작거렸다.

"언제까지 가야 하는 거야?"

"거의 다 왔어. 바로 저기야."

공원에 도착하자마자 내균이 가리킨 곳에는 한 남자의 추모 공간이 있었다. '혹시 여기서 무슨 일이 있었나?' 은영은 최근 뉴스를 생각해봤지만 기억나는 것은 없었다. 그때 내균이 주위 눈치를 살피더니 사진 앞에 있는 빵과 우유, 음료수를 허겁지겁 챙기기 시작했다.

"빨리 챙겨! 남들 보기 전에."

"지금 뭐 하는 거야?"

은영은 화가 났다. 아무리 자기들이 프로 사기꾼이라지만 이건 아니다 싶었다. 뭐랄까, 천륜을 저버리는 행동이랄까? 사탄도 절레절레 고개 저을 게 분명했다.

"이건 좀……."

"저기 저 남자가 누군지 잘 봐봐!"

내균 말대로 사진 앞에 가까이 간 은영은 깜짝 놀랐다. 사진 속 남자는 다름 아닌 내균이었으니까. 알고 보니 내균은 공원에 자기 추모 공간을 만든 것이다. 공원에 있는 꽃으로 꽃다발을 만들어 사진 앞에 두니 사람들이 추모 공간인 줄 알고 각종 음식을 둔 것이다.

"내 추모 공간이니까 다 내 거잖아, 안 그래?"

'이 남자 진짜 대단하다!' 은영은 또 한 번 감탄했다. 둘은 부리나케 먹을 것을 챙겼다. 이 정도 양이면 이틀, 아니 사흘 정도는 끄떡없이 버틸 수 있었다. 휴지통에 꽃다발과 인형을 버리려는 찰나에 은영이 다급한 목소리로 내균을 불렀다.

"빨리 선글라스 껴."

"왜?"

내균이 뒤를 살짝 돌아보니 한 여자가 핸드폰으로 그들을 찍고 있었다. 셀카 봉을 들고 있는 걸로 봐서 유튜버가 분명했다. 내균과 은영은 소매와 칼라로 얼굴을 가리고 정신없이 뜀박질하기 시작했다. 한참을 달렸을까, 거친 숨을 몰아쉬던 은영이 갑자기 멈춰 섰다.

"그래, 바로 그거야!" 좋은 생각이 난 듯 은영은 손가락을 퉁겼다. "자기야! 우리 유튜브 채널 만들면 어때?"

"유튜브? 유튜브 포화 상태잖아. 게다가 우리한테 무슨 콘텐츠가 있다고!"

"아니야, 있어. 떼돈 벌 만한 것."

은영은 어렸을 적 자신의 과거를 떠올렸다. 장애인 엄마 아빠가 방송을 타자 전국에서 도움의 손길이 쏟아졌던 그 시절. 생각해보면 그때만큼 풍족했던 적도 없었다. 의식주 모두 걱정할 필요 없었으며 어디 가든 애정 어린 시선이 가득했으니. 늘 그렇지만 최루액만큼 강력한 무기는 없었다.

"한 명은 장님인 척하고 한 명은 다리 다쳤다고 하자!"

은영의 계획을 듣자 내균도 솔깃했는지 입술을 동그랗게 말았다.

"오, 완전 좋아. 그럼 우리 둘 다 시한부 인생이라고 하자! 그러면 동정의 시선이 더 집중될 거야."

은영은 고개를 끄덕였다. 좋은 생각이었다. 사람들은 자기보다 못한 사람들을 만나면 상대적 우월감에 빠져버리니까. 다시 말하면 남들이 불행한 걸 보고 자기 자신은 상대적으로 행복하다고 느끼는 거다. 행복의 기준이 내가 아니라 남에 달려 있으니 얼마나 불행한 인생인가? 그러면서 행복은 나누는 거라며 선심 쓰듯 돈을 보낼 거다. 그럼 우리는 그 돈으로 파티를 하면 되고. '아! 얼마나 좋아.' 생각만 해도 저절로 미소가 지어졌다.

하지만 내균에겐 하나 걸리는 게 있었으니, 바로 내균의 신상이 드러나면 안 된다는 점이었다. 안 그래도 내균에게 사기당한 지인들이 쌍심지를 켜고 그를 찾고 있는데 유튜브에 얼굴이 노출된다면 호랑이 굴에 제 발로 걸어 들어가는 것과 다름없었다.

"설마, 들키지는 않겠지?"

"그럼, 나 못 믿어? 최대한 분장으로 커버하면 돼!"

다행히 미용학교를 졸업한 은영 덕분에 기본적인 분장은 충분히 가능했다. 둘은 야위고 좀 더 혈색을 어둡게 한 일명 노숙자 메이크업을 했다. 그러고는 수염과 가발, 모자 등으로 얼굴을 가렸다. 너무 긴 영상은 티가 날 수 있으니 십오 초 정도만 올리면 되는, 유튜브 쇼츠로 플랫폼을 정했다. 채널명은 '희망부부'였다. 역시 프로 사기꾼들답게 모든 것은 순조롭게 진행되었다. 그런데 촬영을 앞두고 하나 문제가 생겼으니…….

"근데 누가 장님 역할을 맡지?"

"그러게?"

둘은 동시에 서로를 쳐다봤다.

결국 가위바위보를 한 끝에 은영이 장님 역할을 맡기로 했다. 내균은 내심 아쉬웠지만 (장님이 더 쉬울 것 같아서) 티를 낼 수는 없었다.

다음 날 그들은 문래동 철공소에서 촬영을 시작했다. 그들의 첫 콘텐츠 주제는 '함께하면 그 무엇도 두렵지 않아요!'였다. 딱풀을 발라 제대로 눈을 못 뜨는 은영이 앞에서 리어카를 끌면, 뒤에 있는 내균이 불편한 왼 다리를 질질 끌며 그녀에게 왼쪽 오른쪽 방향을 지시했다. 좀처럼 앞으로 나갈 수 없었지만 둘은 포기하지 않았다. 마치 지금까지의 인생이 쭉 그래왔던 것처럼 그들은 조금씩 조금씩 앞으로 나아갔다. 땀으로 이마가 흥건해져도 서로를 바라보는 미소는 잃지 않았다. 촬영을 마친 영상에 〈쉰들러 리스트〉의 장엄한 OST를 까니 꽤나 리얼하면서도 감성적인 영상이 나왔다.

"어떤 것 같아?"

"느낌 좋아! 여기서 땀 닦는 장면은 딱 오백만 원짜리다."

"미스트 조금 더 뿌릴 걸 그랬어. 그러면 적어도 백만 원은 더 들어올 텐데. 그리고 여기 미소 짓는 거 클로즈업해줘. 이건 칠백만 원짜리니까."

"오케이. 보인다, 보여! 눈물 젖은 돈이!"

영상을 편집하는 내균 옆에서 은영은 격양된 목소리로 조잘거렸다.

역시 반응은 예상대로였다. 처음에는 조회수가 높지 않았지만 입소문이 나기 시작하자 기하급수적으로 늘어났다. 다들 영상에 '좋아요'를 눌렀고 주변 지인들에게 공유 링크를 보냈으며 댓글을 남겼다.

세상에…… 너무 감동적이에요.

덕분에 인생의 끝에도 무지개가 있다는 걸 알 수 있었어요.

먹고살기 위해 고군분투하는 장애인 부부의 처절한 삶. 그 와중에도 웃음을 잃지 않고 서로가 하나가 되어 앞으로 나아가는 모습이 때마침 역광에 실려 희망적으로 다가왔다. 혹자는 하근찬의 소설「수난이대」의 현실판이라고 명하기도 했다. 입소문이 퍼져서일까. 여기저기서 후원금이 쏟아졌다. 아이들은 쓰지 않고 모은 용돈을 보냈고 직장인들은 커피값을 보탰다. 그러다 보니 영상을 올린 지 삼 일 만에 자그마치 삼천만 원에 가까운 돈이 모였다.

"이것 봐! 내가 말했지?"

"맞아, 자기는 천재인가 봐."

은영과 내균은 서로를 끌어안고 키싱구라미처럼 온몸에 키스를 퍼부었다. 세간에 화제가 되자 각종 방송사들은 경쟁하듯 그들에게 인터뷰를 요청했다. 하지만 정체를 들켜서는 안 되었기에 둘은 한사코 거절했는데, 그게 되레 그들의 신비감을 높였다.

"자! 이번에는 어떤 콘텐츠를 만들까?"

"이번에는 오 분짜리 영상 만들어보자."

"좋아!"

자신감 가득 찬 목소리로 말하며 내균은 주먹을 불끈 쥐었다.

둘은 지하철역 한 곳에 노점을 만들어놓고 사람들에게 머리띠를 팔았다. 하지만 아무리 기다려도 지나가는 사람들은 물건 하나 사지 않았다.

"한 번만 보고 가주세요."

상심한 은영이 콜록콜록 기침하자 내균은 불편한 다리로 기어가 그녀의 목에 분홍색 손수건을 묶어주었다. 그러자 불투명한 눈빛으로 허공에 손을 내민 은영은 내균의 체온을 느끼고 희미하게 웃었다.

너무 감동적이에요.

눈물샘 폭발이에요.

거기 어디예요? 내가 다 살 테니!

해당 영상이 공개되자 또 엄청나게 많은 후원금이 쏟아졌다. 이번에는 오천만 원이 넘었다. 둘은 침대 위에서 돈을 뿌리며 미친 듯이 웃었다. 내균은 돈다발 위에서 수영했고 은영은 돈을 화장품처럼 얼굴에 덕지덕지 발랐다. 이 추세라면 조만간 차 한 대는 거뜬히 뽑고 집도 살 수 있었다.

"이렇게 쉬운 걸 그동안 왜 안 했을까?"

"그러게, 깔깔깔."

그 후로도 둘은 버스나 길거리, 고물상 등에서 영상을 찍었다. 팬이 많아지자 그들을 알아보는 사람도 한두 명씩 생겨났다. 그럴 때면 은영과 내균은 말을 잘 못하는 척하며 서둘러 자리를 피했다. 가끔은 악플도 달렸다.

이 부부 진짜 장애인 맞는 걸까요?

지겹다! 언제까지 감성팔이 할 거냐?

진짜 얼굴이 궁금하다. 이분들 신상 캐실 분?

시한부라면서 왜 이렇게 오래 살아요? 죽을 때 되지 않았어요?

이런 댓글이 보일 때마다 은영은 재빨리 지웠다. 그 옆에서 내균은 학을 뗐다.

"나쁜 새끼들 졸라 많네. 어떻게 저러고 살까?"

그렇게 두 달 정도 지나자 사람들의 후원이 점점 줄어들었다. 아무래도 동정심에 호소하는 비슷한 영상이 반복되다 보니 식상함을 느낀 듯했다. 스위스에서 개발된 신약 때문에 시한부 인생이 조금 늘었다고 해명했지만 이에 의문을 품는 사람들도 점점 많아졌다. 위기감을 느낀 내균과 은영은 다시 머리를 맞대고 대책을 강구했다.

"카드 빚이 천만 원 넘었어. 어떻게 잠시 알바라도 뛰어야 하나?"

"자기야! 아프리카 빈민들이 다 쓰러져가는 집에서 발가벗고 춤추잖아. 왜 그런 줄 알아?"

"거기 전통문화 아니야?"

"전통은 개뿔……. 그거 다 후원금 받으려고 하는 연기고 쇼야. 아마 걔들 퇴근한 다음에 에비앙 생수 마시면서 에어컨 틀어놓고 넷플 볼걸?"

"하긴 여태까지 전 세계에서 보내는 후원금만 모아도 나라 한 개는 세우겠다."

158

"그러니까……."

그러면서 둘은 다시 각오를 다졌다. 앞으로도 죽으면 죽었지 절대 땀 흘리는 일은 하지 않겠다고.

"그럼 앞으로 어떻게 하지?"

"이제는 조금 밝은 느낌을 내보자!"

내균이 아이디어를 내자 은영은 고개를 끄덕였다.

"어떤 게 좋을까?"

요즘 어떤 유튜브 영상이 인기 있나 살펴보니 춤과 코믹이 섞인 콘텐츠가 대세였다. 둘은 '댄스 챌린지'를 선택했다. 니요의 〈Because of You〉를 틀어놓고 둘은 춤을 췄다. 내균은 휠체어를 돌리면서 춤을 췄고 은영은 선글라스를 낀 상태에서 유연하게 웨이브를 했다. 둘 다 왕년에 한가락 했기에 호흡은 척척 들어맞았다. 영상을 올린 후 그들은 초조하게 대중의 반응을 기다렸다.

오! 이런 거 좋아요

맞아요. 언제나 슬프란 법은 없는 거죠.

장애를 극복하려는 모습 보기 좋아요. 그나저나 두 분 춤신춤왕인 듯!

다시 여론은 그들 편으로 돌아섰다. 예전 같지는 않지만 후원금도 쏠쏠히 들어왔다. 은영과 내균은 어떻게 하면 이 기회를 잘 살릴까 궁리하다가 팬 사이트도 만들었다. 정기 구독을 한 소수의 사람들에게만 '맹인이 물광메이크업 하는 법'이라든지 '카이저 소제처럼 걷는 법' 같은 그들의 숨겨진 일상을 영상으로 잠깐 공개하는 형식이었다. '절름발이가 셔플 댄스를 추는 법'도 촬영했지만 내균이 생각보다 너무 잘 추는 바람에 공개하지는 못했다.

영상을 본 팬클럽 회원들은 '좋아요'를 남발하며 열광적으로 그들을 지지했다. 특히 한 중견 기업 대표라는 사람이 팬클럽 회장 역할을 자처했는데 그동안 그가 낸 후원금만 무려 일억이 넘었다.

"와, 이 호구 누군지 한번 만나봐야겠다."

"그러게. 우리를 보면 자기 헤어진 첫사랑이 생각난대. 까까머리 때 휠체어를 밀어줬다나 뭐라나."

그러면서 은영은 깔깔깔 웃었다.

"흐흐, 그러지 말고 발가락으로 편지 한 번 써줘. 고맙다고."

"안 그래도 그러려고. 마지막에 눈물 한 방울 떨어뜨리면 더 좋아할걸. 깔깔깔."

은영은 선홍빛 잇몸을 드러내며 허리를 젖혔다.

그렇게 모은 돈으로 둘은 하루가 멀다고 해외여행을 다녔고 또 명품 가방을 샀다. 돈은 쓰면 쓸수록 제맛이었다. 비록 남들처럼 카드로 긁을 수는 없었지만, 현금은 현금대로 사랑스러웠다. 둘은 호텔 카페에 앉아 금가루가 뿌려진 캐러멜마키아토를 쪽쪽 빨면서 정신없이 오가는 직장인들을 구경했다. 그들 눈에는 저렇게 열심히 일하는 사람들이 신기하면서도 한심해 보였다.

"뭐 하러 저렇게 아등바등 살까?"

"그러게. 무식하면서도 정직한 놈들은 언제나 힘들게 살더라고."

코끝에 맴도는 달달한 커피 향처럼 그들의 하루하루는 영원히 달콤할 것 같았다. 그러던 어느 날…….

이 여자 가짜예요, 가짜!

그들의 팬 사이트에 TRUELOVE라는 사람이 쓴 댓글 하나가 올라왔다. 늘 그랬듯 은영은 대수롭지 않게 지워버렸지만 그사이에 새 댓글이 달렸다.

한 번만 더 지우면 언론사에 뿌려버릴 거야. 너 장님 아니잖아!

은영은 더는 참지 못하고 댓글을 달았다. 점자 키보드로 치는 척 천천히 글을 썼다.

도대체 왜 이러시는 건가요? 예의를 지켜주세요.

내가 하고 싶은 말이네. 식빵은 왜 안 준 거야? 조 말론 기억 안 나?

차단 버튼을 누르려던 은영은 이내 깜짝 놀라 두 눈을 동그랗게 뜨고 한동안 화면을 멍하니 응시했다.

댓글의 주인공, **TRUELOVE**는 바로 찬실이었다.

*

이 주 전이었다. 늘 그렇듯 외로움에 몸서리치던 찬실은 침대에 비스듬히 누워서 유튜브를 보고 있었는데, 어디서 많이 본 것 같은 여자가 지하철역에서 머리띠를 팔고 있었다.

"어? 저 여자 어디서 봤더라."

찬실은 계속 이마를 긁었지만 좀처럼 생각이 나지 않아 유튜버의 다른 영상들을 계속 확인했다. 기억이 날 것 같으면서도 나지 않았다.

"분명 만난 적 있는데……."

그러던 중 '희망부부'의 '30만 구독자 기념 감사 인사' 영상에서 화장대 위에 놓인 조 말론 향수를 발견했다. 찬실은 침대에서 벌떡 일어났다.

"어…… 저거 내 거잖아!"

분명했다. 결혼 축하한다며 향수에 예쁘게 장식한 분홍색 리본까지 그대로였으니까.

당신 장님 아니잖아. 내가 분명 봤어. 공짜로 향수 받아 갈 때 두 눈 멀쩡했다고.

162

찬실은 눈에 불을 켜고 댓글들을 달았다. 그러자 다른 회원들의 호기심 넘치는 댓글들이 빗발쳤다.

진짜요? 에이, 설마. 증거 있어요?

그러게…… 장애 있는 분이 저렇게 춤을 출 수 있는 건가요?

맞아, 예전부터 좀 의문이었어.

*

초조해진 은영은 손톱을 물어뜯었다.

"이제 어떻게 해야 하지?" 내균은 잠시 고민하더니 무언가 결심한 듯 이어서 말했다. "일단 강하게 나가자!"

내균은 팬 사이트에 글을 남겼다.

최근에 말도 안 되는 루머를 악의적으로 짜깁기해 저희 희망부부의 명예를 훼손하고 허위 사실을 유포하는 분이 계시는데 계속 그러시면 명예훼손 및 업무방해죄로 고소하겠습니다. 악성 행위를 근절하기 위해 저희 희망부부는 앞으로도 악성 댓글을 다는 분들에게 어떠한 합의나 선처 없이 엄중한 조치를 취할 것임을 분명히 말씀드립니다.

*

팬 사이트에 올라온 내균의 글을 본 찬실은 순간 가슴이 콩

알만 해졌다. 저 은영이라는 여자는 사기꾼이 분명했지만 그렇다고 고소당하긴 싫었다. '어떻게 하지? 이대로 포기해야 하나?' 고민하던 찰나에 **MAY22**란 필명의 네티즌이 쓴 글이 팬 사이트에 올라왔다.

이거 한번 봐보세요!

한 네티즌이 올린 게시글은 은영과 내균의 춤을 비교하는 영상이었다. 네티즌이 영상에 표시한 빨간 마크를 따라가니 확실히 이상한 점 하나가 눈에 띄었다. 보통은 내균이 (사고로 다쳤다는) 왼쪽 다리를 못 움직였는데, 어떤 영상에서는 오른쪽 다리 대신 왼쪽 다리를 현란하게 움직인 것이다.

뭐야, 다친 다리가 다르잖아?

찬실이 댓글을 달았다.

그러게, 뭐야? 어떻게 된 거야?

다른 댓글도 잇따랐다.

아…… 그거요? 거울에 비쳐서 그런 거예요.

은영은 괜히 댓글을 달았다가 더 큰 역풍을 맞았다.

아니, 그러면 가르마는 왜 그대로인데요.

믿을 수 없다. 다리 검증 영상 올려라!

은영과 내균을 보고 네티즌들은 사기꾼 아니냐면서 개떼처럼 몰려들었다. 한 네티즌은 은영이 인스타에 올린 사진 중에서 선글라스에 비친 이미지를 분석해 그들이 5성급 호텔에서 금가루가 뿌려진 캐러멜마키아토를 마셨다는 사실도 알아냈다. 은영의 점 위치가 영상마다 미세하게 계속 바뀐다는 것도 지적했다.

뭐야? 장님도 아니고 다리 다친 것도 아니고 가난한 것도 아니야?

시한부도 아니라며?

네티즌들은 난리가 났다. 그동안 자신들이 낸 후원금을 돌려내라는 소송을 제기했고, 은영과 내균의 진짜 신상을 캐내려는 사람들로 모든 사이트는 북적거렸다. 찬실은 옳다구나 하고 그들의 사기 행각을 밝힌 글을 이 카페 저 커뮤니티에 퍼날랐다.

*

사태가 걷잡을 수 없이 커지자 내균과 은영은 침이 바짝바짝 말라왔다.

"그러게 조 말론 향수는 왜 진작 안 팔아가지고……."

"지는 대가리가 장신구야? 어느 다리 다쳤는지도 몰라?"

"아, 그때 정신없어서……. 그리고 내가 인스타 하지 말라 했지?"

은영과 내균은 서로를 비난했지만 이미 모든 건 엎질러진 물이었다. 그때 경찰에게 연락이 왔다. 이틀 내로 경찰서로 출

두하라는 고지였다.

"진짜 어떻게 하지?"

"외국으로 튈까?"

내균은 재빨리 도주할 수 있는 루트를 알아봤지만 몰래 해외로 나가는 건 생각보다 어려웠다. 드라마나 영화에서는 밀항선을 잘도 타던데 어떻게 그러는 건지 도무지 알 길이 없었다. 게다가 은영은 밖으로 나가기 싫다며 완강하게 버텼다.

"여기가 우리 터전인데…… 외국에 나가면 뭐 먹고살라고? 자기 영어 잘해?"

"그럼 깜빵 가고 싶어서 그래?"

"아니, 그럴 수는 없지."

은영은 감옥에서 겪었던 끔찍한 경험을 다시 한번 떠올렸다.

"그럼 어쩌라고?"

내균이 독촉하자 은영은 결심했다는 듯 천천히 입을 열었다.

다음 날, 은영과 내균은 철원 깊은 산속에 있는 가파른 절벽 앞에 섰다.

"설마 나 죽이려는 거 아니지?"

내균이 떨리는 목소리로 말했다.

"그럴 리가 있겠어? 내가 자기를 얼마나 사랑하는데……."

선글라스를 낀 은영이 무미건조한 목소리로 답했다.

내균은 천천히 한 발 한 발 내밀어 아래를 내려다봤다. 바닥까지 족히 20미터는 될 것 같았다. 아찔한 기분에 내균이 본능적으로 뒷걸음질 치자 발 아래 모래와 돌들이 절벽 아래로 우수수 떨어졌다.

"진짜 이 방법밖에 없는 거야?"

"생각해봐. 어쩔 수 없잖아."

은영은 내균의 어깨를 부드럽게 토닥였다.

"뛰어, 안 뛰면 내가 밀 거야."

은영이 그렇게 말하자 내균은 다시 한번 눈을 찔끔 감았다.

그들이 택한 방식은 이랬다. '진짜로 장애인 되기!' 경찰이 수사하기 전에 내균이 왼쪽 다리를 다치고 은영이 눈을 잃으면 모든 걸 원래대로 돌려놓을 수 있다고 생각했다.

"간단해! 우리 칠십만 구독자들에게 병원 진단서 보여주면 되잖아, 안 그래?"

진짜 장애가 있는 것을 확인한다면 네티즌들은 의심했던 자기 자신을 반성하며 다시 후원금을 보낼 것이다. 어쩌면 죄책감에 두 배 세 배 더 보낼지도. 경찰도 마찬가지다. 피의자를 측은하게 생각하며 바로 훈방 조치를 할 게 분명했다. 하지만……. 그렇게 하기로 합의했지만, 은영과 내균은 서로의 마음속에 싹트는 의심까지는 어쩔 수 없었다.

'혹시 날 죽이고 혼자 돈을 독차지하려는 건 아니겠지?'

'내가 이제 앞을 볼 수 없게 되면 이 남자가 날 버리지는 않을까?'

최후의 선택을 결심한 뒤로 둘은 밥을 먹을 때도 예전처럼 깔깔 웃으면서 농담할 수 없었다. 밥 먹을 땐 혹시나 해서 꼭 은수저를 챙겼다. 수저 색이 바뀌지 않는 걸 확인한 다음에야 겨우 입에 넣을 수 있었다.

"저기…… 자기가 먼저 눈을 잃고 그다음에 내가 절벽에서 떨어지면 안 될까?"

"왜? 나를 못 믿어서?"

은영은 세모눈으로 내균을 째려봤다.

"아니, 그냥……. 내가 먼저 다리 다치면 자기를 어떻게 폭죽 공장에 데려다줘."

"나 운전할 줄 알거든."

"……그래?"

내균은 깜짝 놀랐다. 근데 왜 지금까지 어디 갈 때 자신만 운전했던 걸까? 억울한 눈빛으로 그가 쳐다보니 은영은 다소 비장한 표정으로 이렇게 말했다.

"걱정 마. 약속은 꼭 지킬 거니까."

은영은 절벽에서 내균이 떨어져 다리를 다치면 인근에 있는 폭죽 공장에 가서 실명할 계획이었다. 바로 눈앞에서 폭죽 오백 개를 한꺼번에 터뜨리면 시신경이 마비된다는 게 그녀의 주장이었다.

"진짜 안 뛰어내릴 거야?"

은영이 뒤에서 소리치자 내균은 감았던 눈을 다시 뜨고 그녀에게 다가갔다.

"설마 자기 나한테 사기 치려는 거 아니지?"

"내가 왜? 자기는 날 완성시키는데…… 내가 자기 말고 또 누굴 만날 수 있겠어?"

촉촉한 은영의 목소리에선 진심이 느껴졌지만, 그것도 요동치는 내균의 가슴을 달래기에는 충분치 않았다.

"근데 너무 높지 않아? 떨어지면 죽을 것 같은데."

"아니야. 이 정도로는 절대 안 죽어. 다리 하나 정도 다치고 말 거야."

은영이 내균의 왼쪽 다리를 툭툭 건드리자 그는 전기라도 통한 듯 움찔거렸다.

"차라리…… 교통사고로 위장하면 어떨까?"

"바보야, 누가 보기라도 하면 어떡하려고? 우리 계획이 산산조각 나도 좋아?"

그건 은영의 말이 맞았다. 그동안 모은 돈도 지키면서 구독자에게 신용을 얻고, 감옥에 가지 않으면서 소울메이트와 헤어지지 않으려면 아무리 생각해도 이 방법밖에 없었다.

내균은 천천히 숨을 고르며 용기를 끌어모았다. 하지만 절
벽 아래를 보면 볼수록 심장이 쪼그라들어 금세라도 터질 것
같았다. 좀처럼 발이 떨어지지 않자, 안 되겠다 싶었는지 내균
을 지켜보던 은영은 뒤로 살금살금 다가갔다. 두 손으로 확 밀
려는 찰나 내균이 휙 고개를 돌렸다.

"그럼 자기야! 이러면 어떨까? 우연히…… 진짜 우연히 내
주머니에 바늘이 하나 있거든. 이걸로 내가 자기 눈 먼저 찌를
게. 그다음에 자기가 날 절벽으로 밀어."

"아니, 진짜 이러기야?"

그러면서 은영은 온 힘을 다해 내균을 밀었다. 그 짧은 순간,
내균은 활처럼 몸을 뒤로 젖히면서 반사적으로 은영의 손끝
을 잡아당겼다. 그녀는 놓으라고 몸부림쳤지만 그러면 그럴수
록 내균은 초인적인 힘을 발휘했다. 결국 둘은 그대로 서로를
끌어안은 채 절벽 아래로 떨어졌다. 바람이 귓가에 스치고 서
로를 바라보는 원망스러운 시선이 끝도 모를 공포 사이사이에
교차했다.

한없이 밑으로 떨어진 그들은 쾅! 하고 바닥에 부딪쳤다. **아
아아악!** 둘은 테너와 소프라노처럼 동시에 고음을 내질렀다.
하지만 그게 끝이 아니었다. 관성의 법칙 때문일까? 큰 충격을

받은 후 또 한없이 땅바닥을 굴렀다. 살이 찢기고 뼈가 어긋나는 고통이 생생했지만 좀처럼 끝날 기미가 보이지 않았다. 그들은 서로의 몸을 디딤돌 삼으며 놀이공원의 다람쥐통처럼 신나게 굴렀다. 흙먼지가 사방에 날리고 자갈과 모래가 은영의 허벅지와 내균의 꼬리뼈를 사정없이 스치고 지나갔다. 어느 정도 굴렀을까. 비포장도로가 포장도로로 바뀌었을 때 그들은 겨우 넝마가 된 몸뚱이를 제어할 수 있었다.

"괘, 괜찮아?"

먼저 상체를 일으킨 내균이 은영에게 손을 내밀었다.

"아, 아…… 아!"

은영은 거친 신음만 연신 뱉을 뿐이었다. 자세히 보니 은영의 두 눈에 피가 잔뜩 고여 있었다. 돌에 찍힌 걸까? 아니면 바늘에 찔린 걸까?

"앞이 보여?"

"아니, 아니……. 아무것도 안 보여."

은영은 허공에 손을 갖다 대며 그렇게 말했다.

"잘됐네. 폭죽 안 터뜨려도 되겠어."

"자기는? 자기는 다리 어떻게 됐어?"

은영이 묻자 내균은 천천히 뒤를 돌아보더니 깜짝 놀랐다. 부싯돌로 빻은 듯 왼쪽 다리가 짓이겨 있었다.

"나도 왼쪽 다리가 작살났어."

"진짜? 또 오른쪽 다리로 착각하는 거 아니야?"

"아니야, 이번엔 진짜야."

내균은 자신 있다는 듯 힘줘서 말했다.

"어떻게 이럴 수 있지?"

은영은 믿을 수 없다는 듯 입을 쩍 벌렸다.

"하늘이 도우셨나 봐. 일타쌍피라고. 자기는 눈, 나는 왼쪽 다리!"

내균도 껄껄껄 웃으면서 말했다. 쓰라린 고통보다 기적의 환희가 더 크게 느껴졌다.

"이제 당당히 다시 시작할 수 있겠어. 아, 아깝다! 이거 영상으로 찍었어야 했는데."

"그러게, 카메라 가지고 뛰어내릴 걸. 그러면 적어도 백만 뷰는 그냥 찍을 텐데."

"맞아, 아쉽다. 섬네일에 '장애를 갖게 된 말할 수 없는 비밀' 이렇게 쓰면 끝장날 텐데."

둘은 얼굴과 온몸에 흘러내리는 피와 고름을 닦아낼 생각조차 못 하고 신나게 떠들었다. 그때 갑자기 은영이 소스라치게 놀라며 비명을 질렀다.

"왜 그래? 자기야?"

"근데 앞으로…… 우리 유튜브 영상 누가 찍어주지?"

한 번도 그것에 대해 생각해본 적 없었기에 둘은 기나긴 침

묵에 빠졌다. 분명 이런 몸으로는 카메라 세팅하는 것도, 이곳 저곳 떠돌며 영상 찍는 것도 엄청나게 고될 게 분명했다.

'땀을 흘려서는 안 되는데. 절대로 노력하면 안 되는 삶인데……'

등골에서 식은땀이 흘렀다. 앞으로의 삶이 완전히 바뀌게 될 것 같다는 두려움 때문일까? 잊고 있던 고통과 아픔이 뒤늦게 찾아왔다. 둘은 무너지듯 아스팔트 바닥에 주저앉아 두 손에 얼굴을 파묻었다.

'앞으로 어떻게 해야 좋지?'

그때였다. 멀리서 **빵빵!** 경적이 울렸다. 앞이 보이지 않는 은영은 내균에게 물었다.

"저…… 저게 뭐야?"

"트, 트럭 한 대가 오고 있어."

내균은 미간을 찌푸리며 아지랑이가 피어오르는 도로 끝을 바라봤다.

"얼마나 큰데?"

"아마 5톤 트럭인 것 같아."

은영과 내균은 동시에 생각했다. 이게 어떻게 보면 불로소득, 무임승차 그들 인생의 마지막 동아줄일지도 모른다고. 자칫하면 진짜 죽을 수도 있지만 그래도 조금의 가능성이 있다면 포기할 수 없다고.

은영이 고개를 끄덕이자 내균은 그녀의 몸을 잡았다. 그리고 둘은 서로를 끌어안았다. 마지막이라 생각해서인지 둘의 몸은 맥반석 계란처럼 뜨겁게 달아올랐다.

"사랑해, 은영."

"나도 사랑해, 내균."

〈델마와 루이스〉의 마지막 장면처럼 그들은 서로를 절대 놓지 않았다.

"좋은 곳에서 봐!"

"그래, 꼭 그러자."

그렇게 다짐하고 둘은 맹렬하게 다가오는 트럭을 향해서 동시에 점프했다. 거친 브레이크 소리가 났고 이윽고 칠흑같이 어두운 파열음이 뒤를 이었다.

경찰은 뺑소니 사건이라고 결론지었다. 트럭은 공개수배 되었으나 이틀이 지나도 잡히지 않았다. 은영과 내균은 세브란스 VIP 최고급 병실에 나란히 누웠다. 그들의 팬클럽 회장이었던 중견 기업 대표가 '희망부부'를 위해서 거액의 치료비를 대신 내준 덕분이었다.

"사람들이 참 무섭죠. 장애가 있는 분들에게 가짜라고 손가락질이나 하고."

대표가 그렇게 말하자 담당의도 고개를 끄덕였다.

"눈도 안 보이고 다리 망가진 것도 분명한데 왜 그런 근거 없는 루머가 돌았을까요?"

"세상은 자기보다 못한 사람이 잘사는 걸 못 견뎌하니까요."

대표는 똑똑 한두 방울 아래로 떨어지는 링거를 바라보며 씁쓸한 미소를 지었다.

"혹시 두 분 깨어날 가능성이 있을까요?"

"쉽지 않을 것 같아요. 식물인간 상태에서 의식을 되찾는 경우는 드문 일이라서."

담당의는 누워 있는 은영과 내균을 가리키며 말했다.

"한평생 힘들게 살아왔을 텐데 결국 이렇게 되다니……."

대표는 혼잣말을 중얼거리다 옆에 있는 담당의의 손을 꼭 잡았다.

"앞으로 '희망부부'에게 최고급 치료 부탁드립니다. 돈 걱정하지 마시고요."

담당의가 고개를 끄덕이자 대표는 그의 어깨를 툭툭 치고 밖으로 나갔다.

'저 사람이 그 사람이지?'

'맞아. 아직도 까까머리 때 휠체어 밀어주던 첫사랑이 생각나나 봐.'

'혼자 아주 멜로를 찍어요, 멜로! 깔깔깔깔!'

식물인간이 된 은영과 내균은 서로의 의식 속에서 대화를 주고받았다.

'그나저나 좋다! 이렇게 최고급 침대에 온종일 누워 있으니.'

'맞아, 일도 안 하고 땀도 안 흘리고 게다가 돈 걱정 안 해도 되잖아.'

'씻겨줘, 먹여줘, 손끝 하나 안 움직여도 되니 얼마나 좋아. 불로소득의 끝판왕이지. 하하, 이렇게 좋은 걸 왜 진작 몰랐을까?'

'깔깔깔깔! 그러게. 무식하면서도 정직한 놈들은 이런 세상도 모르고 아등바등 살겠지.'

둘은 눈꺼풀을 조금씩 움직이며 그렇게 서로에게 말을 걸었다. 그때 간호사가 약을 들고 들어왔다. 중견 기업 대표가 주문한 대로 스위스에서 개발된 최고급 신약이었다. 링거에 약이 투여되자 둘은 순식간에 몽롱한 기분에 빠져들었다.

내균이 물었다.

'은영, 편안함에 이르렀는가!'

은영은 만족스럽다는 듯 입가를 미묘하게 움직였다.

산타클로스

머나먼 과거, 2024년에는 세계 인구의 84퍼센트가 종교를 믿었다. 기독교와 불교, 이슬람교 그리고 헤아릴 수 없이 많은 다양한 종교들. 사람들은 태어나면서부터 종교를 믿었고, 어려운 일을 겪고 나서 믿게 되었으며, 또 죽음이 가까워지자 귀의하기 시작했다.

몇천 년 동안 인간에게 종교는 떼려야 뗄 수 없는 분신과도 같은 존재였다. 그렇기에 유대인들은 안식일에 엘리베이터 버튼을 누르지 않았고, 이슬람교도들은 돼지고기를 먹지 않았으며, 불교신자는 살생을 금지했다. 그들에게 선지자의 말씀은 곧 삶이자 법이었다.

하지만 과학이 발달하고 교육 수준이 올라갈수록 인간들은 점점 '종교'에 대해 의문을 품기 시작했다. 믿음 하나 다르단 이유로 특정 종교는 타 종교를 배척하기 일쑤였고, 심지어 과격한 신자들은 자신들의 믿음을 증명하기 위해 전 세계 곳곳에 반달리즘과 테러를 저질렀다. 하루가 멀다 하고 중요 문화재가 훼손되었고 수많은 사람이 죽어나갔다. 죄 없는 시민들은 공포에 떨었다. 어느 순간부터 기성종교는 '화합'과 '평화'의 장이 아니라 '갈등'과 '오해'를 낳는 씨앗으로 변질되었다. 그렇다 보니 점점 무신론자들이 늘어났다. 2070년에는 종교를 가진 인구 비율이 37퍼센트로 폭락했다.

사람들이 종교에 등 돌리게 된 결정적 이유는 '가성비' 때문이었다. 아무리 열심히 기도해도, 아무리 많은 돈과 정성을 쏟아부어도 그들의 예상과 달리 기적은 쉽게 찾아오지 않았다. 시험 합격을 위해 백일기도를 해도 탈락하는 경우가 다반사였으며, 시한부 가족을 살리기 위해 삼보일배 행진까지 하였으나 예정된 죽음은 막을 수 없었다. 노르웨이 트롬쇠 연구소는 지난 이백 년의 데이터를 분석하여, 악한 표본집단이 선한 변수집단에 비해 물질적 혜택을 167퍼센트나 더 누리고 있다는 충격적인 결과를 발표하기도 했다. 신의 대리인이라고 자칭하는 사람들은 "그게 다 믿음이 부족해서 그런 거라고, 신 앞에 맨발로 서서 회개해야 한다"며 울부짖었지만 한번 등을 돌린 사람들을 붙잡기에는 역부족이었다.

신은 없다!

니체의 "신은 죽었다"보다 더 근원적인 의문이었다. 바야흐로 믿음의 흑사병 시대였다.

그렇게 이십 년이 흐른 2092년, 크로아티아 출신 천재 과학자 '살바토레 테슬라'는 놀라운 발명품을 만들었다. GPS와 스타링크 위성, 중적외선 센서와 TBV 송신 기술을 결합해서 만든 이 발명품은 고도 300킬로미터 이상의 지구궤도에서도 지상에 있는 인간들의 행동 하나하나를 현미경처럼 정밀하게 관찰할 수 있었다. 단순 감시 혹은 관찰에서 끝나는 것이 아니라 인간들의 움직임과 의도를 분석해, 범주화된 지식과 윤리 규범에 비춰서 즉각적인 리액션이 가능했다. 테슬라가 프레젠테이션 자료의 마지막 페이지를 넘기자 콘퍼런스 홀에 모인 수많은 기자가 앞다투어 손을 들었다.

"즉각적인 리액션이라니, 그게 무슨 말입니까?"

"간단합니다. 노상강도는 충격파로 쓰러뜨리고, 선행을 베푼 이에게는 그의 니즈와 취향을 분석해 식음료 쿠폰을 주는 것이지요. 이 모든 의사결정 과정이 단 오 초 안에 끝납니다. 기존의 경찰과 봉사 단체 역할을 동시에 하는 것입니다."

테슬라의 대답이 끝나자 홀은 또다시 웅성거리는 소리로 가득 찼다.

"의사결정 과정에서 인간의 의지가 개입될 가능성은 없는 건가요?"

"독재자의 도구로 악용될 여지는 없는 겁니까?"

기자들이 우려 섞인 목소리로 질문을 던지자 테슬라는 충분히 예상했다는 듯 여유로운 표정으로 입을 열었다.

"그런 사례를 미연에 방지하고자 지구상에 남아 있는 모든 소스 코드를 완벽하게 폐기했습니다. 덕분에 여기에 있는 저나 여러분이나 수백조의 자산가나 돈 한 푼 없는 부랑자나, 누구 하나 예외 없이 똑같은 기준으로 평가받을 수 있는 거죠. 게다가 기계가 한번 상공에 올라가면 그 누구도 해킹할 수 없고 또 개입할 수 없습니다. 로켓이나 비행 물체로 접근 시도 시 자동 방어 시스템으로 100퍼센트 격추됩니다."

"그럼 한번 올라가면 영원히 우리 머리 위에서 빙빙 도는 건가요?"

"혹시 모를 사태에 대비해 킬러 코드를 남겼습니다. 버튼 한번 누르면 자동으로 폭파될 수 있게요. 물론 그럴 일이 없기를 희망합니다."

그러면서 그는 버튼의 위치는 회사 기밀 사항이라 절대로 공개할 수 없다고 덧붙였다.

"기계의 이름은 뭔가요?"

객석에 앉은 한 남자가 화면에 띄워진 기계를 가리키며 물었다.

"산타클로스! 저는 '산타클로스'라고 이름 지었습니다."

테슬라의 말이 끝나자 다들 고개를 끄덕였다. 착한 아이에게 선물을 주고 나쁜 아이에게는 선물을 주지 않는 크리스마스의 산타클로스가 이 기계의 의미와 기능에 정확하게 맞아떨어졌기 때문이다. 하지만 반대파의 주장도 만만치 않았다.

"우리가 기계의 통치를 받아야 하는 건가요?"

"우리가 '빅브라더'의 공포를 겪을 게 분명합니다."

"경찰도 아닌데 어떤 권한으로 자경단 역할을 하겠다는 건가요?"

그들은 테슬라 박사를 고소하기까지 했다. 이에 그는 기자회견을 통해 이렇게 밝혔다.

"차에 '내비게이션'이라는 장치가 처음 생겼을 때를 생각해 보세요. 운전자가 내비에 종속당하거나 조종당했나요? 아니면 덕분에 훨씬 편하게 목적지까지 도착할 수 있었나요? 축구 경기할 때 사용하는 VAR도 마찬가지입니다. 예전에는 심판의 재량이었다면 이제는 VAR로 오프사이드 여부를 정교하게 잡아내지 않습니까? 덕분에 오심은 0퍼센트에 수렴하게 되었고요. 바로 산타클로스는 내비게이션과 VAR 같은, 인간의 삶을 훨씬 더 윤택하게 만드는 도구일 뿐입니다."

그러면서 그는 시범 운영으로 산타클로스 알파버전을 브라질의 리우데자네이루 상공에 띄우겠다고 말했다.

　　한편, 멕시코 과달라하라에서는 마약 패권을 두고 갱단끼리 전투가 벌어졌다. 경찰에 군인까지 투입되었지만, 막강한 화력으로 무장한 카르텔을 상대하기에는 역부족이었다. 미사일이 발사되어 경찰 헬기는 격추되었고, 드론 폭격으로 교량이 무너지면서 수많은 민간인이 다치거나 숨졌다. 안 되겠다 싶었는지 멕시코 대통령은 테슬라에게 도움을 요청했다.

　　멕시코 상공으로 방향을 튼 '산타클로스'는 3만 암페어(A)의 전류가 흐르는 레이저빔으로 은신처를 파괴하고 탱크를 불태우는 방식으로 갱단 주변을 초토화시켰다. 가까스로 살아남은 갱단들이 대응 사격을 해봤지만 그 어떤 무기로도 산타클로스를 파괴할 수 없었다. 일주일 넘게 벌어졌던 처참한 살육 현장이 단 오 분도 지나지 않아 깔끔하게 정리되었다.

　　그리고 몇 시간 후 놀라운 뉴스가 보도되었다. 산타클로스가 한 부부에게 보낸 선물이 언론에 공개된 것이다. 서른다섯 동갑인 부부는 마약 전쟁에서 상처 입은 사람들을 집으로 데려와 치료해주었는데, 이런 선행의 결과 그들에게 오 년간 세금 면제와 보상금 삼십만 달러가 주어졌다. 부부가 감동의 눈물을 흘리는 장면을 생방송으로 지켜보던 전 세계 시청자들은 충격과 놀라움을 감출 수 없었다.

"우리 인간은 아름답지만 완벽하지는 않습니다. 때론 실수를 저지르고 한순간의 감정으로 그릇된 판단을 내리기도 합니다. 그러므로 우리는 우리보다 좀 더 완벽한 존재의 도움을 받아야 더 행복해질 수 있습니다."

테슬라의 말이 끝나자 수많은 시청자들이 그의 이름을 열광하여 외쳤다.

채 이 년도 지나지 않아 '산타클로스 프로젝트'는 195개국 모든 정부의 승인을 받았다. 직경 120미터에 850톤의 초대형 산타클로스가 기다란 날개를 뻗고 늠름한 자태를 뽐내자 TV를 보던 사람들은 눈 감고 두 손을 모으며 앞으로 인류의 미래에 축복만이 있기를 기도했다. 여전히 산타클로스를 불신하며 애써 깎아내리는 사람도 있었지만, 세상의 모든 데이터를 무료로 제공하는 혜택까지 무시하기란 힘든 일이었다.

곧 전 세계 사람들은 산타클로스를 숭배하기 시작했다. 선인과 악인을 구분해 사회를 안전하게 만들었을 뿐만 아니라, 업그레이드된 기술로 태양에너지를 흡수해 인간들에게 무한에너지를 제공해주었으니까. 그 덕분에 발전소는 사라졌고 대기는 깨끗해졌으며 자연은 지구가 살아 숨 쉬던 수천 년 전으로 다시 돌아갔다. 게다가 오차범위 0.0001퍼센트에 수렴하는 산타클로스의 뛰어난 분석력으로 범죄율도 소수점 아래로 떨어졌다. 뇌물과 폭력, 부정행위도 잇따라 자취를 감추었다. 인간들이 수천 년 동안 찾아 헤맨 정의가 마침내 사람들 눈앞에 펼쳐지게 된 것이다. 그들이 찾고자 했던 신, 객관적이면서도 즉각적인 반응을 보여주는 신, 아낌없이 자비와 은총(에너지)을 보내는 신. 그 신이 바로 '산타클로스'였다.

인간들은 너도나도 할 것 없이 산타클로스에게 기도했고 그를 기리는 사원을 만들었다. 게다가 자식들에게는 산타클로스의 부품명을 딴 세례명까지 주었다. 그 결과 'Nuts' 'Bolts' 'Oils' 'Glass'와 같은 이름을 가진 아이들이 많이 태어났다. 또한 발명가 테슬라는 예언자로 승격되었고 동시에 그의 삶 많은 부분이 윤색되었다. 태어나자마자 오른손으로 하늘을 가리키고 왼손으로는 땅을 가리킨 채 일곱 걸음을 걸었다고 프랑스 학자는 말했고, 고등학교에 다닐 때는 빵 다섯 개와 물고기 두 마리로 오천 명의 가난한 학생들을 먹여 살렸다고 브라질 신학자는 증언했다. 테슬라 본인은 아니라고, 왜곡되었다고, 자신은 그저 평범한 과학자라고 말하고 싶었지만 세계 정부는 이를 용인하지 않았다. 산타클로스가 완벽하려면 그것을 만든 창조주 또한 완벽해야 했다. 혹시나 그가 실수라도 한다면 일 년에 몇천조의 부가가치를 생산하는 '산타클로스' 자체에 의심을 품는 이들이 생겨날 것이고, 그러면 다시 '믿음의 흑사병'

시대가 찾아올 거라는 두려움 때문이었다.

그때부터 테슬라는 베르사유궁전 같은 커다란 성에 갇혀 여생을 지내야 했다. 신비주의를 유지하기 위해 좀처럼 밖으로 나갈 수도 없었다. 갓 태어난 손녀 '시실리아'의 응석을 보는 게 그의 유일한 낙이었다. 그런 와중에 시실리아의 부모가 이슬람 테러단체에 무참히 살해되는 일이 발생했다. 전에 테슬라가 말한 '킬러 코드'를 찾아내서 산타클로스를 파괴하려다가 벌어진 일이었다. 상공에서 내려온 레이저빔으로 테러단체는 삽시간에 해체되었지만, 테슬라의 유일한 아들은 이미 세상을 뜬 지 오래였다. 사람들은 안타까운 죽음을 애도하며 이번 사건을 계기로 산타클로스의 성능을 한 단계 업그레이드해서 사전에 범죄를 막자고 주장했다. 각국 정부에서도 인간들의 행동을 미리 계산해서 합당한 벌을 주면 범죄 자체가 사라질 것이라고 예상했다. 그러나 테슬라는 고개를 저었다.

"지옥으로 가는 길은 선의로 포장되어 있습니다. 행하지 않은 것을 판단하는 것은 인간이 아닌 신의 영역입니다."

그의 말대로 사전 범죄 예측 프로젝트는 파기되었다. 그러나 가족을 잃은 충격이 커서일까. 그 후로 테슬라는 좀체 입을 열지 않았다. 시실리아를 품에 안은 채 먼 하늘을 응시하며 그저 희미하게 미소 지을 뿐이었다. 창조자의 눈빛을 읽었는지 산타클로스는 한 점의 빛이 되어 반짝거렸다. 신은 인간이란

피조물을 위에서 지켜보는데, 그는 자신이 만든 기계를 이렇게 우러러보게 되니 참 아이러니라고 생각했다.

　시실리아가 열 번째 생일을 맞았을 때 살바토레는 그녀에게 선물 하나를 건넸다. '롱기누스의 창' 모양의 펜던트였다.
　"할아버지, 이게 뭐예요?"
　"이 땅에 모든 희망이 사라졌을 때 이것을 사용해다오."
　테슬라가 영원히 눈을 감게 되자 전 세계 사람들은 오열하며 거리로 뛰쳐나왔다. 몇 날 며칠 울어도 바닥 마를 날이 없었다. '산타클로스'는 누가 진심을 다해 잘 우는지 살피고 분석하여 순위대로 선물을 안겼다. 대륙별로 일등은 추기경 자리에 올랐다. 그들은 크로아티아에 있는 고성에 모여서 열쇠로 대문을 걸어 잠그고 차기 예언자를 뽑기 시작했다. 이틀 후, 성의 굴뚝 위로 하얀 연기가 피어올랐다. 차기 예언자는 이제 열한 살이 된 시실리아 테슬라, 살바토레 테슬라의 하나밖에 없는 손녀였다. 어안이 벙벙해 멍하니 주위를 살피는 앳된 소녀의 얼굴 위로 수천 개의 플래시가 떨어졌다.
　"선지자시여, 저희를 굽어살피소서!"
　전 세계 육십억 인구는 무릎을 꿇고 그녀에게 축복의 인사를 전했다.

2112년, 산타클로스에 불만을 가진 세력이 등장했다. 그들의 리더인 '트린 캉'은 이렇게 말했다.

"우리는 속고 있습니다. 우리는 은총을 받는 것처럼 보이지만 실제로는 은총을 가장한 사육입니다."

그의 주장은 이랬다. 산타클로스는 24시간 인간들의 행동을 일거수일투족 감시하기에 인간들은 마치 체스판의 말처럼 살아갈 수밖에 없다는 것이었다.

"케이지에서 태어난 햄스터는 자신이 있는 곳이 세상의 전부라고 생각합니다. 밖의 세상이 얼마나 아름다운지 또 얼마나 자유로운지, 창살 없는 감옥에 갇혀 있는 한 우리는 절대로 알 수 없습니다."

그의 말에 동조하는 이는 생각보다 많았다. 그들은 남몰래 쾌락을 찾을 때나 부부관계를 가질 때도 누군가가 위에서 계속 지켜보고 있다는 생각에 찜찜해서 견딜 수 없었다. 실수로 길거리에 쓰레기를 흘리거나 순간적인 감정에 애인의 뺨을 때릴지라도 산타클로스는 즉각 반응해서 그들에게 전기충격을 가했다. 이에 감전된 채 시설에 격리된 사람들이 속출했다. '갱생'과 '속죄'라는 단어는 산타클로스에게는 허용되지 않는 알고리즘이었다. 유머는 허용되지 않았고 예술은 도태되었으며 인류애는 점차 멸종되었다.

"이런 우리보고 속죄해야 한다고 하죠? 속죄는 우릴 가둔 놈들 보라고 하는 게 아니에요." 트린 캉은 하늘을 노려보며 말을 이었다. "나를 쏴보세요. 당신을 욕되게 했으니까 늘 그렇듯 내게 전기충격을 주세요."

그는 두 팔을 벌려 레이저 맞을 준비를 했으나 위에서는 아무것도 떨어지지 않았다. 그저 섬광 같은 빛만 구름 너머로 반짝일 뿐이었다.

"가짜 예언자 시실리아는 빨리 모습을 드러내라!"

트린 캉이 외치자 그를 추종하는 사람들도 머리 위로 주먹을 불끈 쥐고 소리 높여 시실리아의 이름을 외쳤다.

하지만 시실리아는 쉽게 모습을 드러내지 않았다. 연초의 종교 행사에만 잠시 얼굴을 드러낼 뿐이었다. 성에 갇혀 시민들이 낸 세금으로 도대체 뭐 하고 지내는지 도무지 알 길이 없었다. 그러면서 그녀는 전용기를 타고 전 세계 곳곳을 돌아다니며 산해진미를 맘껏 먹고 있었다.

"그녀는 우리의 예언자가 아닙니다."

트린 캉은 시실리아에게 절하는 것을 거부했다. 살바토레 테슬라의 탄신일을 축하하고 사망일에 눈물 흘리는 것도 거부했다. 철 깡통에 불과한 기계를 믿는 인간들이 어리석다면서 지지자를 모았고, 테슬라가 숨겨놓은 '킬러 코드'는 분명 시실리아에게 있을 거라며 그녀를 찾으러 다녔다. 그녀가 있다는 첩보를 받고 성에 몰래 잠입했다가 시실리아와 맞닥뜨린 트린캉은 경호원들이 방심한 틈을 타서 그녀를 칼로 찌르려고 했으나 바로 직전에 산타클로스의 레이저를 맞고 쓰러졌다. 결국 그는 대서양 한가운데 있는 섬에 투옥되었다.

"이상하다. 범죄를 저지르기도 전에 산타클로스가 벌했잖아."

"사전 범죄 예측 프로젝트는 파기된 거 아니었어?"

"결과적으로 범죄를 행하기 직전이니까 레이저가 나온 게 아닐까?"

사람들 사이에서 의견이 분분했다. 가족을 전부 다 잃은 상황에서 목숨까지 위협받게 되자 시민들 사이에서 차기 예언자 시실리아에 대한 동정심 여론은 점점 커져갔다.

시실리아의 삶 역시 불행했다. 차기 예언자가 된 이후로 그녀는 단 한 순간도 행복한 적 없었다. 할아버지처럼 아침에 눈을 떠서 밤에 눈 감을 때까지 하루 24시간 정부 관계자에게 감시당해야 했다. 예언자의 신비감이 사라지는 것은 정부에 엄청난 타격이었고, 이는 곧 산타클로스의 본질을 부정당하는 일이었다. 그녀는 사랑하는 사람을 만나도 같이 있을 수 없었고, 마음 아픈 일이 있어도 마음껏 눈물 흘릴 수 없었다. 어느 순간부터 비싼 옷도 진귀한 음식도 그녀에게는 고양이 액세서리와 사료처럼 느껴졌다.

"트린 캉을 석방하라! 트린 캉을 석방하라!"

계속되는 인간들의 불만이 쌓여 거의 폭발 직전까지 이르게 되었다. 산타클로스는 여전히 가차 없었다. 범주화된 프로그램에 해당하지 않는 인간들은 모조리 패놉티콘 같은 감옥으로 보내버렸다. 대다수의 사람들은 불만을 제기했지만 소수의 엘리트는 오히려 이것을 기회라 여겼다. 믿음의 독점을 통해 부를 독점할 수 있었으니, 선악과를 먹은 죄인은 얼마든지 천국에서 쫓겨나도 된다고 생각했다.

그렇게 삼 년 사이에 지구 인구 10분의 1이 감옥에 수용되었다. 가족과 친구가 한순간에 사라지자 더 많은 사람들이 산타클로스를 그들 삶의 '적'으로 간주하기 시작했다. 산타클로스는 더 이상 신이 아니었다. 인간의 삶을 망치는 고철 덩어리에 불과했다.

"다시는 고개 숙이고 살지 맙시다! 하늘을 보며 당당하게 고개 듭시다!"

트린 캉을 추종하는 세력들은 계속해서 격렬하게 저항했다.

"정말 범주화된 프로그램이 제대로 작용하는 게 맞나요?"

"혹시 누군가의 입김이 몰래 들어간 게 아닌가요?"

"이번 업그레이드된 프로그램에 어떤 것이 들어 있는지 소스 코드 좀 공개합시다!"

많은 사람들이 거리에 몰려서 가두시위를 했지만, 세계정부는 묵묵부답이었다.

이 와중에 시실리아는 감시가 소홀해진 틈을 타서 성 밖으로 빠져나갔다. 오 년 전 강제로 헤어진 연인이 결혼한다는 소식에 멀리서 한번 보고 올 생각이었다. 운전은 서툴렀고 때마침 장대비까지 내렸지만 운전대를 잡은 그녀는 거침이 없었다. 그러나 그때 벼락이 쳤고 바로 앞에 있던 커다란 나무가 쓰러지면서 도로를 막았다. 시실리아는 하늘을 올려다보며 저주를 퍼부었다.

"다 네 짓이지? 이제 제발 그만 좀 해."

하지만 답은 없었다. 다시 운전대를 잡은 시실리아는 후진해서 샛길을 내달리기 시작했다. 앞 유리에 물줄기가 쉼 없이 흘러내렸고 어느 순간부터 브레이크는 말을 듣지 않았다. 그러다 결국 쾅! 소리와 함께 차는 연기를 내며 도로에서 멈췄다. 깜짝 놀란 시실리아가 서둘러 밖으로 나가자 한 소년이 피를 쿨럭 내뿜으며 가늘게 숨을 쉬고 있었다.

"괜찮⋯⋯니? 괜찮은 거니?"

서둘러 아이에게 다가가 몸을 흔들었지만 아이는 의식이 없었다. 당황한 그녀는 소리를 지르며 주위에 도움을 청했다. 그러나 지나가는 사람들은 그저 하늘만 올려다볼 뿐이었다. 하지만 아무리 기다려도 변함이 없었다. 교통사고를 내면 십오 초간 전기충격이 가해져야 하는데, 시실리아에겐 아무런 처벌이 가해지지 않았다. 프로그램의 허점이 공개적으로 드러난 최초의 순간이었다. 실은 살바토레 테슬라는 자신의 유일한 손녀만큼은 산타클로스에게 감시받는 것을 원치 않았던 것이었다.

사람들이 웅성거리기 시작했다.

"저 여자 혹시 시실리아 님 아니야?"

"맞아, 맞는 것 같아."

사람들은 그녀의 정체를 알아채고도 고개를 숙이거나 무릎을 꿇지 않았다. 저 멀리 하늘에서 섬광처럼 반짝이는 산타클로스와 시실리아의 얼굴을 번갈아 볼 뿐이었다. 정부 경찰들이 다급히 다가와 시실리아를 낚아채듯 데려갔다. 그녀는 쓰러진 아이 먼저 병원에 데려가달라고 울부짖었지만, 경찰들은 애써 못 들은 척했다.

결국 아이는 죽었고 그 소식을 접한 사람들의 폭동은 날이 갈수록 심해졌다.

"범죄자를 내놓아라! 살인자를 감옥에 넣어라!"

창밖에서 들리는 고함을 들으며 시실리아는 마음을 굳게 먹었다. 자신도 죄를 지었으니 감옥에 가겠다고. 그러나 정부 관계자는 이를 허락하지 않았다. 누군가는 산타클로스의 상징으로 남아야 했다. 차기 예언자가 결정되지 않은 상태에서 적통의 권위마저 부정당하면 세상에 더 큰 위기가 올 거라고 그녀를 설득했다. 그리고 앞으로 다시는 불미스러운 일이 발생하지 않도록 그녀의 발에 전자발찌를 채웠다.

그날 밤, 시실리아는 잠들 수가 없었다. 자신의 잘못으로 죽은 어린아이의 얼굴이 계속 머릿속에 떠올랐다. 한참을 침대에서 끙끙 앓고 있는데 할아버지 살바토레의 목소리가 귓가에 맴돌았다.

"이 땅에 모든 희망이 사라졌을 때 이것을 사용해다오!"

시실리아는 목에 걸린 '롱기누스의 창' 펜던트를 바라보았다. 창의 긴 부분을 아래로 잡아당기자 비밀 장치가 나왔다. 그리고 거기에는 리셋 버튼이 있었다. 바로 테슬라가 남긴 킬러 코드였다. 시실리아는 크게 숨을 들이켠 뒤 버튼을 눌렀다. 그러자 쾅! 소리와 함께 상공에 있던 산타클로스가 폭죽 터지듯 산산조각이 났다.

"이제 자유다! 드디어 해방이다!"

인간들은 공중에서 터지는 산타클로스를 보면서 기쁨의 눈물을 흘렸다.

하지만 그 기쁨은 그렇게 오래가지 않았다. 그들의 적이 사라진 동시에 그들이 믿을 수 있는 존재, 즉 신도 함께 사라지고 만 것이다. 뭔가를 믿을 수 없게 된 인간들은 점점 초조해졌다. 산타클로스가 제공하는 무한 에너지가 사라지니 사람들은 산에 가서 나무를 캐야 했다. 연료가 없다 보니 공장은 문을 닫았고 생필품마저 금방 동나버렸다. 범죄는 다시 극성을 부렸고 믿음의 부재는 폭력과 자신감의 결여를 낳았다.

"반드시 폭파해야 했나요? 다른 대안은 없었나요?"

사람들은 청문회에서 산타클로스를 파괴한 시실리아를 추궁했다. 사고로 아이를 죽게 만든 것은 죄목에 포함되지도 않았다.

"우리는 믿고 의지할 수 있는 게 필요한데 그녀는 그 희망마저 앗아갔어."

많은 시민 단체들은 그녀를 인간의 적이라고 간주했다. 마치 그녀는 시저를 암살한 브루투스와 같은 처지가 되었다. 몇몇 학자들은 산타클로스의 폭발로 인해 인류가 다시 청동기시대로 돌아갔다고 분석하기도 했다.

결국 시실리아에게는 법정최고형인 사형 판결이 내려졌다. 사형당하기 직전에 그녀는 감옥의 작은 창살 너머로 푸른 하늘을 올려다봤다. 더 이상 반짝이는 섬광은 보이지 않았다. 누군가의 시선 또한 느껴지지 않았다. 그녀는 문득 그녀의 할아버지 살바토레를 떠올렸다. 그가 먼 하늘을 응시하며 왜 희미하게 웃었는지, 이제야 알 수 있었다. 그녀는 엄지손가락을 깨물어 벽에 혈서를 남겼다.

신이 없으면 적이 된다. 동시에 적이 없으면 신이 된다. 신과 적은 없다.

그저 인간들은 그들의 필요에 의해 신과 적을 만들 뿐이다.

하비삼의
왈츠

할머니가 돌아가셨다. 여든넷에 돌아가셨으니 호상이란다. 본인이 **호호호** 웃으면서 죽은 것도 아닌데 누구 맘대로 호상이야! 빈소에서 들려오는 친척들의 대화가 몹시도 거슬렸다. 마치 이때만을 기다렸다는 듯 너도나도 감춰뒀던 이빨을 드러내는 게 꼭 짐승 무리 같았다. 사실 할머니는 더 장수하실 수도 있었다. 노령이셨지만 지병 하나 없이 건강하셨으니까. 쌀 한 가마니는 번쩍번쩍 드실 정도로 힘도 장사셨다. 하지만 호시탐탐 집안 돈을 탐내며 싸움박질해대는 네 명의 자식과 아홉 명이나 되는 손주들 때문에 결국 화병이 나 쓰러지셨다. 세상 모든 게 다 그렇지만 결국 돈이란 것 또한 없어도 문제고 너무 많아도 골치 아픈 일이더라.

장례가 끝나자마자 일가 식구들은 할머니의 대저택에 모여 유언장을 확인했다. 다들 긴장하면서도 내심 무언가를 바라는 눈치였다. 안구에 형광물질을 발라놓은 듯 곳곳이 반짝거리는 가운데 특히 두 사람의 눈빛이 남달랐다. 최근에 사업에 크게 실패해서 목돈이 필요했던 큰아버지와 오랜 이혼 분쟁으로 야위다야윈 작은고모는 변호사 옆에 바짝 붙었다. 인장이 된 유언장의 봉인이 풀리자 안경을 코밑까지 내려 쓴 변호사는 숨을 고르며 천천히 유언장을 읽었다.

나 이말숙은 우리 하씨 가족의 막내딸 하비삼에게 전 재산을 상속한다.

삽시간에 거실 공기가 얼어붙었다. 다들 충격받았는지 말을 잃었다. 작은고모는 한 손으로 입을 틀어막았는데 확장된 동공으로 그녀가 얼마나 놀랐는지 짐작할 수 있었다. 믿을 수 없다는 듯 아버지는 변호사 손에서 유언장을 낚아채 뚫어지게 쳐다봤다. 하지만 분명 그렇게 적혀 있었다.

"뭐? 비삼이한테 돈을 다 준다고?"

"이 노친네가 노망이 났네!"

"진짜 미쳤나 봐."

한숨과 욕지거리가 동시에 뒤섞였다.

나 이말숙은 노망나지 않았다. 미치지도 않았고 정신이 멀쩡한 상태다.

변호사는 아버지 어깨 너머로 할머니의 나머지 유언을 마저 읽었다. 큰아버지는 벽을 쾅 내려치며 밖으로 나갔고, 작은고모는 머리를 쥐어짜며 바닥에 주저앉았다. 말 그대로 다들 패닉 상태였다. 근데 하비삼이 누구지? 우리 집안에 그런 사람이 있었나? 이십이 년 넘게 살면서 단 한 번도 들어본 적 없는 이름이었다. 다리가 풀린 엄마를 부축하며 나는 조심스레 물었다.

"막내 고모야."

"나한테 막내 고모가 있었어?"

그러자 주위 어른들은 대답 대신 한숨만 내쉬었다. 다들 불편한 기색이 얼굴에 역력했다.

"그 정신 나간 기집애. 아직 안 죽었나?"

"글쎄…… 연락이 안 된 지 하도 오래돼서."

도대체 어떤 사람이기에 다들 저렇게 말하는 걸까? 그동안 암암리에 숨겨왔던 가문의 비밀이 있는 게 분명했다.

하비삼은 과연 누굴까? 그리고 할머니는 왜 하필 그녀에게 전 재산을 상속했을까?

유산을 한 푼도 받지 못했다는 아쉬움보다도 그녀에 대한 궁금증이 내 머리를 강하게 짓눌렀다.

　다들 가길 꺼렸으므로 내가 손을 들었다. 누군가는 할머니의 유언을 전해줘야 하니까. 변호사를 통해서 어렵게 알게 된 비삼 고모의 주소까지는 세 시간 운전하고 한 시간 반가량 산을 탄 후에야 다다를 수 있었다. 하지만 아무리 둘러봐도 인적을 찾을 수 없었다. 이런 곳에 사람이 살고 있다고? 의문에 의문이 쌓여 이제 포기해야겠다 싶을 때 커다란 나무 기둥 너머로 마법사가 은가루를 뿌려놓은 것처럼 으리으리한 저택이 나타났다. 놀란 가슴을 달래며 천천히 걸음을 옮기자 그곳에 오래된 정원이 있었다. 세월의 때가 묻은 코린트양식의 기둥들이 나를 반겼고, 수천 개가 넘는 넝쿨이 캄보디아의 '타 프롬'처럼 고풍스러운 건물을 휭휭 감싸고 있었다. 잔뜩 긴장한 채 벨을 눌렀다. 그러나 아무리 눌러도 육중한 철문은 열리지 않았다.

　고장 난 건 아닌 것 같은데…….

　그냥 돌아갈까 하다가 여기까지 온 게 아쉬워서 저택 주변을 빙빙 돌았다. 쪽문이라도 있나 싶었으니까. 그때였다. 어디선가 음악 소리가 새어 나왔다. 조심스럽게 위를 올려다보니 2층 창문에 누군가가 이리저리 움직이는 실루엣이 비쳤다.

　뭐지? 파티라도 하나?

도움닫기를 해서 벽을 타고 건물 안으로 들어갔다. 긴 회랑을 지나 음악 소리가 나오는 문 앞에 다다르자 한 여자가 바이올린 반주에 맞춰 흥얼거리는 노랫소리가 점점 선명하게 들려왔다.

나 그대가 유난히 좋아한 내 긴 속눈썹 한껏 올리며 오늘도 거울 앞에 섰어요.
나 오늘도 머리를 정성스레 빗으며 그대 좋아한 내 머릿결 가다듬고 있어요.
난 이렇게 그대가 좋아하던 모습 그대로 꾸몄는데 다시 봐줄 순 없는 건가요.*

얇게 떨리면서도 광기 서린 목소리였다. 노래 중간중간에 들리는 비명 같은 웃음소리에 머리털이 바짝 곤두섰다.
어른들 말처럼 진짜 미친 건가?
문틈 사이로 나오는 공기마저 차게 느껴졌다. 들어갈까 말까 고민하다가 그래도 이왕 이렇게 온 거 고모에게 알리는 게 맞을 것 같아 똑똑 노크를 했다.
"누구……세요?"

---

* 박정현, 〈하비샴의 왈츠〉, 정석원 작사·작곡.

그녀의 목소리가 들렸다.

"저…… 하비삼 고……."

대답이 채 끝나기도 전에 문이 벌컥 열렸다.

"드디어 오셨군요, 당신!"

그러면서 그녀는 나를 와락 껴안았다. 짙은 향수 냄새가 코 끝에 물씬 풍겼다.

"돌아올 줄 알았어요."

내 가슴에 얼굴을 파묻고 그녀는 말했다. 정리되지 않은 하얀 면사포가 내 얼굴을 사정없이 간질였다.

"저기…… 오해하신 것 같은데. 혹시 하비삼 고모 아니세요?"

그제야 그녀는 얼굴을 떼고 나를 바라봤다. 실망한 표정이 얼굴에 역력했다.

"어…… 근데 넌 누구니?"

"저는 고모 조카 하빈이라고 합니다."

"그래……? 근데 여긴 웬일이야?"

순백의 웨딩드레스를 입은 그녀가 말했다. 일부러 어리게 보이려는 건지 색조 화장은 두터웠지만 눈가의 자글자글한 주름까지 커버할 수는 없었다. 자초지종을 말하자 고모는 충격을 받은 듯 고개를 절레절레 젓더니 이내 바닥에 주저앉았다. 오래된 대리석 바닥에 눈물이 뚝뚝 떨어졌다.

어? 이상하다. 미친 건 아닌 것 같은데…….

고개를 갸웃하면서 허리를 숙여 흐느끼는 그녀의 어깨를 토닥여주었다. 그래도 피는 피인지라 생전 처음 보는 고모의 옆모습이 어딘가 익숙한 느낌이었다.

"그거 말하려고 온 거야?"

"네. 그리고 할머니가 유산으로 전 재산을 고모에게 상속한다고 하셔서, 그거 전달하려고…….'

"그래? 근데 어쩌지. 난 그거 필요 없는데."

"네?"

내가 딩횡힌 틈을 놓치지 않고 그녀는 갑자기 일어나 내 손을 움켜잡았다.

"우리 같이 춤출래? 우리 엄마의 명복을 빌려면 춤을 춰야 해."

"아…… 죄송해요. 제가 몸치라서요."

깜짝 놀란 나는 손사래를 쳤다.

나를 바라보는 고모, 그녀의 마스카라가 번져 새까만 눈물이 볼 아래까지 흘러내렸다.

그녀는 내 눈을 똑바로 응시하며 말했다.

"나랑 춤추면 내가 받기로 한 유산 다 너한테 줄 수 있는데. 그래도 싫어?"

"정……말요?"

대답하기가 무섭게 고모는 내게 바싹 다가왔다. 수은처럼 차디찬 그녀의 손가락이 내 등 위에서 건반을 치듯 도르르르 움직였다. 긴장되었다. 혹여 길게 늘어진 드레스를 밟을까 봐.

그나저나 이게 지금 뭐 하는 거지?

기분이 묘했다. 할머니의 유언을 전해주러 왔다가 이렇게 춤을 추게 되다니. 그것도 오늘 처음 본 고모랑. 나한테 유산 준다는 건 농담이겠지? 아무리 미쳤어도 그게 다 얼만데. 내 팔 밑으로 고모가 팽이처럼 호로록 감겼다. 햇살에 반사된 망사 레이스가 원목 바닥을 투명하게 수놓았다. 그 순간 갑자기 그녀가 내 손을 놓았다.

"왜, 왜요?"

"춤출 때 노래가 빠지면 안 되지. 어떤 노래가 좋을까?"

그러면서 그녀는 한쪽 구석에 놓인 컴퓨터 쪽으로 향했다. 아까 바이올린 소리가 저기서 나온 거구나 싶었다. 고모는 책상 앞 의자에 앉더니 마우스를 클릭하면서 곡을 골랐다. 차분하면서도 신중한 모습이었다. 그사이에 주변을 둘러보니 방은 온통 하얀색이었다. 벽지도 소파도 화장대도 바람결에 흩날리는 커튼도 모두 아이보리에 가까운 하얀색이었다. 선반에 놓인 금판만 아니었다면 누가 봐도 병실인 줄 알고 오해하겠다 싶었다.

그나저나 저 반짝이는 금판은 뭐지?

208

생긴 건 꼭 어디서 받은 상장 같은데 글씨가 작아서 잘 보이지 않았다. 그리고 저 시계! 아까 복도를 걸어오면서 느낀 건데 이 집의 시계란 시계는 모두 부서져 있었다. 벽시계부터 탁상시계까지 누가 일부러 깨뜨린 것처럼 하나같이 구멍이 뚫려 있었다. 나는 고모 몰래 가까이 다가가 보았다. 깨진 유리 사이로 앙상하게 말라붙은 시침과 분침은 열한시 삼십오분을 가리키고 있었다. 다른 시계들도 마찬가지였다. 그때 그 순간을 진공 포장한 듯 모두 같은 시간에 머물러 있었다.

저때 무슨 일이 있었던 걸까? 혹시 살인사건이라도…….

팬한 싱싱 때문일끼? 일순 기분이 싸해졌다. 뭐랄까, 주사 맞기 전에 알코올 솜으로 닦이는 느낌이랄까.

"뭘 그렇게 보고 있어?"

"아니에요…….."

얼른 고개를 돌렸다. 고모는 어느새 내 등 뒤에 서 있었다. 표정을 들킬까 봐 나는 짐짓 아무렇지 않은 척했다. 깨진 유리 조각 사이로 그녀의 얼굴이 피카소 그림처럼 분절되어 보였다.

"이 노래 어때?"

고모가 리모컨을 누르자 스피커에서 단조로운 드럼 반주와 함께 날카로운 일렉기타 연주가 흘러나왔다. 흐느적거리는 몸짓에 맞춰 그녀의 입가가 가늘고 길게 찢어졌다. 섬뜩함을 느껴서일까? 나도 모르게 한발 뒤로 물러났다.

"왜 그래? 갑자기 나랑 춤추기 싫어? 유산 전부 준다니까."

조금씩 다가오는 고모의 얼굴이 내 얼굴에 짙은 그림자를 길게 드리웠다. 더 물러나려 해도 남은 공간이 없었다. 손톱 끝에 차가운 콘크리트 벽이 느껴졌다.

"이러지 마세요, 고모!"

"하하하하! 남자들은 다 이래. 이렇게 귀엽다니까."

고모는 내 표정을 살피더니 다시 허리를 젖혀 깔깔깔 웃어댔다. 애써 당황한 기색을 지우려 했지만 쉽지 않았다. 모멸감이 스멀스멀 얼굴로 올라왔다.

"근데 돈이 그렇게 좋아?"

"아니…… 돈 안 좋아하는 사람도 있나요?"

퉁명스럽게 대꾸했다.

"그러면 그 돈으로 뭐 할 건데?"

"글쎄요. 구체적으로 생각해본 적 없어서."

"근데 그 돈 주면 너도 날 떠날 거잖아!"

"네……?"

"그 사람처럼! 그 사람처럼 너도 돈 받자마자 날 버릴 거잖아!"

고모의 눈에 눈물이 조금씩 차오르기 시작했다. 고인 눈물 너머로 붉게 충혈된 눈동자가 보였다.

"아까부터 무슨 말씀하시는 거예요?"

"아무리 생각해도 이해가 안 돼. 도대체 왜 그랬을까? 돈이 다 떨어져서? 그럼 돈이 다시 생기면 나한테 오려나? 하지만 그러기엔 너무 오래 걸리는걸. 아무리 닦아내도 거울은 녹슨 지 오래야. 너무 허기져. 기다리기 너무 힘들고 여기가 너무 아파."

가슴을 어루만지는 그녀의 얼굴과 목소리가 삽시간에 열 살은 더 늙어버렸다.

"아냐! 그럴 리 없어. 조금만 더 기다리면 분명 그 사람은 다시 올 거야. 나 이제 잘나가니까, 나 이제 유명해졌으니까! 소식 듣고 달려와 저 문을 박차고 그때처럼 날 번쩍 들어줄 거야. 다시 해 뜰 때까지 밤새도록 우리는 꼭 끌어안을 거고."

그녀는 두 팔로 제 몸을 휘감으며 꿈꾸듯 중얼거렸다.

"고모!"

"가만, 조용히 해봐! 지금 누군가의 발소리가 들리지 않았어?"

고모는 문 앞으로 서둘러 뛰어나갔다. 활짝 문을 열어젖혔지만…… 그곳에는 아무도 없었다. 적막만이 어색하게 그녀를 감쌀 뿐이었다. 그때였다. 깔깔깔, 고모가 다시 웃기 시작했다. 진짜 실성한 사람처럼 온몸으로 웃었다.

"오늘도 안 왔어요. 아쉬워요. 그래도 여러분, 기다려주실 거죠?"

허공에 대고 주절주절 떠드는 그녀를 이렇게 보고 있으니 온몸에 소름이 쫙 돋았다. 그녀를 종잡을 수가 없었다. 역시 미친 게 분명했다. 안 되겠다 싶어 서둘러 가방에서 유언장을 꺼냈다.

"고모, 읽어보시고 여기에 서명하시면 돼요. 급한 거 아니니까 충분히 생각하시고 결정하세요. 그럼 저 먼저 가볼게요."

"잠깐만! 기다려봐."

"저 다른 일이 있어서……."

"앉으라니까!"

비명에 가까운 고모의 소리에 놀라 걸음을 멈췄다. 그녀는 잔뜩 움츠러든 내 주변을 이리저리 맴돌더니 길게 손을 뻗어 내 머리 위 선반에 놓인 위스키 한 병을 집었다. 마치 아무 일도 없었다는 듯 태연하게 말이다.

"마실래?"

"아뇨, 괜찮아요."

고모는 두 번은 권하지 않았다. 투명한 잔에 진한 갈색 위스키가 가득 담겼다. 녹진한 캐러멜 향기가 방 안을 가득 메웠다. 고모는 안주도 얼음도 없이 그걸 통째로 들이켰다. "크으……." 팔뚝으로 입술을 훔친 그녀가 반쯤 풀린 눈으로 창밖을 응시했다.

"근데 고모, 누굴 그렇게 기다리시는 거예요?"

"누구긴 누구야. 세상에 하나밖에 없는 우리 님이지. 다른 사람 다 손가락질할 때 아무 말 없이 날 안아줬던 사람, 내가 찬 목걸이보다 내 목이 더 예쁘다던 사람, 그런데 왜 이십 년 넘게 안 나타나는 걸까?"

"이십 년이요……? 이십 년 동안 여기서 이러고 계신 거예요?"

세상에! 너무 놀라 입을 다물 수 없었다. 고모는 대답 대신 위스키만 홀짝이며 쓸쓸하게 고개를 끄덕였다.

"고모, 정신 좀 차리세요. 그 사람은 절대 안 와요."

"아니야. 언젠가는 꼭 올 거야. 내 웃는 얼굴이 세상에서 제일 예쁘다고 했거든."

"이십 년, 이십 년이라면서요! 그 남자는 이미 한참 전에 다른 사람에게 갔을 거예요. 이제 고모는 생각조차 안 날걸요."

나는 고모의 어깨를 감싸며 말했다. 고모에 대한 두려움보다 안쓰러움이 먼저였다.

"그러니 고모, 저랑 여기서 나가요. 가족들한테 돌아가면 다들 반겨줄 거예요."

"싫어. 그사이에 그 사람이 오면 어쩌려고."

"그럴 리 없잖아요. 고모도 잘 아시면서……."

"절대 안 나가!"

그녀가 소리를 지르며 할퀴듯 내 어깨를 밀었다.

"네가 나에 대해 뭘 안다고 함부로 지껄여! 여기가 내 마음이야. 여길 벗어나면 난 죽어! 분명 죽고 말 거야. 밖에, 저 밖에 있는 사람들이 나한테 무슨 짓을 했는지 알아?"

고모는 흐느끼듯 말했다. 내가 너무 성급했나 싶었다. 이러려고 그런 건 아닌데…… 그냥 이렇게 지내는 고모가 한심하고 또 불쌍해서 그런 건데…….

"여기엔 내 모든 게 다 있어. 배고프면 음식도 배달되고 또 창문 열지 않아도 저걸로 세상을 볼 수 있어. 거기엔 음악도 있고 내가 좋아하는 그림도 있고 또 내 행복을 기다리며 날 응원해주는 수많은 사람이 있고……."

고모는 계속 어딘가를 응시하며 말을 이었다. 감정의 소용돌이가 지나간 듯 그녀의 얼굴은 평온을 되찾은 모습이었다.

"그리고 엄마 유산, 난 필요 없어. 너 다 가져. 약속했으니까."

진심일까? 그녀의 표정은 사뭇 비장했다. 그저 춤 한번 췄을 뿐인데. 갑자기 욕심이 생겨서일까? 머리가 하얘졌다.

"필요하면 증거 남겨도 돼."

"아니에요, 고모. 못 들은 거로 할게요."

천천히 숨을 고르며 그렇게 내뱉었다. 왜 그랬을까? 모르겠다. 그냥 그래야 할 것 같았다. 아무리 생각해도 그렇게 큰돈은 내게 부담스러웠다. 그걸 가질 힘도 용기도 없었다. 솔직히 승냥이 같은 친척들의 이빨도 두려웠다. 얼마나 질투할까? 얼마나 씹어댈까? 돈 앞에서 쩔쩔매던 큰아빠랑 작은고모 모습이 섬광처럼 눈앞에 떠올랐다.

"하빈이라고 했지?"

"네."

"넌 우리 가문 사람들이랑 다르구나."

"……감사해요."

고모의 말을 난 칭찬으로 받아들였다. 처음이었다. 처음으로 그녀와 통한다는 느낌을 받았다. 고모도 마찬가지였나 보다. 아까와는 사뭇 다른 눈빛으로 나를 바라봤다.

"괜찮다면…… 나중에 또 놀러 올래?"

"네, 그럴게요."

가방을 챙겨 자리에서 일어났다. 뒤를 돌아보지는 않았지만 닫히는 문틈 사이로 그녀가 나를 지켜보고 있다는 것을 느낄 수 있었다.

나 잘한 거 맞겠지? 집으로 가는 차 안에서 계속 생각에 잠겼다. 인생에 몇 안 되는 기회일지도 모르는데……. 나중에 분명 후회할 것 같은데……. 아냐, 아냐!

고개를 저었다. 할머니가 다 생각이 있어서 고모에게 유산을 남긴 건데, 당신의 그 뜻을 함부로 저버리고 싶지는 않았다.

"그 돈 주면 너도 그 사람처럼 날 떠날 거잖아!" 냉랭하게 내뱉던 고모의 말이 자꾸 귓가에 어른거렸다. 도대체 그녀에게 어떤 사연이 있었던 걸까? 궁금함을 참을 수 없어 서둘러 액셀을 밟았다.

집에 도착하자마자 아버지를 찾았다. 막내 고모에 대해 묻자 아버지는 잠시 주저주저했다. 하지만 이내 때가 되었다고 생각했는지 깊은 한숨과 함께 오래 묵혀놓은 지난 이야기를 꺼냈다.

*

어릴 때부터 비삼 고모는 정신병을 앓았다. 집 곳곳에 귀신이 보인다며 소동을 피웠고 밤마다 몽유병으로 집 밖에 나가기 일쑤였다. 그런 막내딸 걱정에 할머니는 저명한 의사를 모셔도 보고 용하다는 약도 먹여봤지만 병세는 나아지지 않았다. 한번은 저택에 커다란 화재가 났는데 다들 비삼 고모가 저지른 일이라 생각했다.

고모가 스물두 살이 되던 해에 도저히 안 되겠다 싶었던 할머니가 공기 좋다는 시골 병원에 고모를 입원시켰다. 가기 싫다고 고모는 몸부림쳤지만, 온몸을 포박한 채 강제로 침대에 묶어버렸다.

몇 개월 후 병원에 찾아간 할머니와 아버지는 깜짝 놀랐다. 그녀는 온전한 정신으로 누구보다 밝게 웃고 있었으니까. 거기서 고모는 한 남자를 만났다. 그는 고모의 담당 간호사였는데, 다른 사람과 달리 한없이 따뜻했던 그 남자에게 사랑을 느끼며 고모는 흠뻑 빠져버렸다. 왈츠와 탱고 추는 방법도 그에게 배웠단다.

"우리 결혼하게 해주세요, 엄마!"

병원에서 나오자마자 고모는 할머니에게 애원했다. 그러나 할머니는 받아들일 수 없었다. 결혼하기에 고모는 너무 어렸고 아무리 아프다지만 애지중지 키운 막내딸을 근본 없는 시골 출신 남자에게 맡기기는 싫었다.

"엄마! 저 아픈 거 많이 좋아졌잖아요. 그 사람이 절 구원해준 거나 다름없어요. 그러니 제발……."

"안 돼, 절대 안 돼!"

할머니와 집안 모두가 결사반대하자 고모는 값나가는 물건들을 몰래 챙겨서 몽유병자처럼 새벽에 집을 떠났다. 이번에도 저택에 화재가 발생했다.

그렇게 고모는 행복한 결혼을 꿈꿨다. 집도 새로 지었고 둘만의 예쁜 정원도 가꿨다. 밤마다 와인을 마셨고 왈츠를 추었다. 아마 그녀 인생에서 제일 행복했던 순간이었을 테다.

결혼식 날, 새하얀 웨딩드레스를 입고서 빨리 식이 시작되기만을 기다리던 순간, 열한시 삼십오분. 한 남자가 다가와 신랑이 보낸 거라며 쪽지 한 장을 고모에게 전해주었다. 그 쪽지에는 "미안하지만 당신과 결혼할 수 없어요. 마음의 준비가 되면 다시 찾아오겠소"라는 그 남자의 손글씨가 적혀 있었다.

충격이 너무나 컸던 걸까. 이성을 잃은 고모는 집 안에 있는 시계란 시계를 모두 부숴버렸다. 다시 발작처럼 정신병도 찾아왔다. 뒤늦게 소식을 들은 할머니와 가족들이 몇 번이고 찾아왔지만 이미 고모는 마음의 문을 닫은 상태였다.

"그 사람이 올 때까지 평생 드레스 안 벗을 거고 집 밖으로 한 발자국도 안 나갈 거야. 그러니 두 번 다시 찾아오지 마."

그러면서 그녀는 집 안의 모든 불을 껐다. 칠흑같이 까만 어둠만이 그녀 곁에 유일하게 남아 있었다.

*

그게 아버지가 본 고모의 마지막 모습이었다. 이야기를 다 듣고 나니 가슴 한편이 먹먹해졌다. 환하게 타오르던 사랑과 영혼은 발화 직전 싸늘하게 식어버렸다. 세월의 격류 속에서 그녀의 젊음은 퇴색되었고 믿음은 점점 풍화되었다. 그동안 얼마나 힘들었을까? 얼마나 외로웠을까? 감히 짐작조차 못 하겠다. 생각해보면 고모가 마시던 위스키는 분명 그녀의 눈물이었을 게다. 연달아 피워대던 담배는 오래 묵힌 그녀의 한숨이었을 게다. 침대에 누웠지만 쉽사리 잠을 이룰 수 없었다.

다음 날이었다. 새벽부터 계속 핸드폰이 울렸다. 끄고 다시 잠을 청했지만 소용없었다. 선잠을 자서 그런가, 찌뿌둥한 몸을 일으켜 힘겹게 전화를 받았다. 대학 동기였다.

"야, 빈! 대박! 너 뭐냐?"

수화기 너머로 상기된 목소리가 들렸다.

"뭔 소리야? 아침부터."

"지금 조회수 난리 났어. 언제 찍은 거야?"

"찍긴 도대체 뭘 찍어?"

"너 몰라? 유튜브에 너 나오는 거?"

"뭐……?"

이게 무슨 소리인가 싶었다.

갑자기 내가 유튜브에 왜 나오는데?

"기다려봐. 내가 링크 보내줄게."

잠시 후 동기에게서 메시지가 왔다. "드레스 마녀"라고 쓰인 섬네일이 보였다. 확대해 보니 거기에 익숙한 얼굴이 있었다. 하얀 웨딩드레스를 입은 저 사람은, 분명 비삼 고모였다!

이게 어떻게 된 거지?

정신이 번쩍 들었다. 화면을 클릭하자 영상이 재생되었다. 그리고 거기에 고모와 함께 춤추는 내 모습이 이어져 나왔다.

"야! 네가 왜 거기 있어?"

동기가 물었다. 그 질문은 내가 묻고 싶은 말이었다. 내가 왜 저기 있지? CCTV는 분명 아니었다. 그러기에는 각도가 너무 아이레벨샷eye level shot이었다. 이건 분명 웹캠으로 찍은 건데…… 설마 그때? 문득 음악을 고른다면서 컴퓨터로 향하던 고모의 뒷모습이 떠올랐다. 아니면 처음부터 찍고 있었나?

근데 고모는 왜 우리가 춤추는 모습을 녹화했을까? 혹시 유언장 증거가 필요해서? 근데 고모가 먼저 나한테 유산 다 준다고 제안했잖아. 날 위해 그럴 리는 없고…….

정말 왜 그랬는지 의문이었다.

"근데 이 여자 유명해?"

"너 '드레스 마녀' 몰라? 유튜버 중에서 요즘 제일 핫하잖아. 진짜 한 번도 안 들어봤어?"

그러고 보니 친구들끼리 이야기할 때 얼핏 들어본 것도 같았다.

"근데 왜 유명해?"

"진짜 모르나 보네. 웨딩드레스 입고 온종일 춤추고 노래하고 깔깔거리잖아. 보고 있으면 얼마나 골 때리는데. 딴 유튜버는 조회수 팔아먹으려고 괜히 미친 척하는데, 이 여자는 리얼이라니까."

"그래……?"

머리가 복잡해져서 전화를 끊었다.

나는 그길로 고모에게 달려갔다. 가는 길에 확인해보니 고모의 유튜브 구독자 수는 무려 백이십만 명이 넘었다.

이 많은 사람들이 이걸 본다고?

놀라울 따름이었다. 영상은 일주일에 두 번 정도 올라왔는데 내용은 별거 없었다. 노래에 맞춰 춤추거나, 아니면 열리지 않는 하얀 방문을 우두커니 다섯 시간 넘게 쳐다보고 있거나 구독자들 얼빠진 댓글 보면서 깔깔거리는 게 다였다. 평소 유튜브를 잘 보지 않는 나는 이런 걸 보고 열광하는 사람들이 그저 신기할 따름이었다.

아무리 벨을 눌러도 역시 철문은 열리지 않았다. 어쩔 수 없이 또 담벼락을 넘었다. 유리 깨진 시계가 즐비한 복도를 지나 방문을 열자 고모가 다가와 내게 와락 안겼다.

"드디어 오셨군요, 당신!"

정리되지 않은 하얀 면사포가 또 내 얼굴을 사정없이 간질였다.

"고모! 저예요, 저. 하빈!"

그러자 고모는 얼굴을 떼고 나를 바라봤다. 이번에도 역시 실망한 표정이었다.

"왜 또 왔어?"

"그게, 고모 유튜브에 제가 나오더라고요. 아, 저거!"

나는 본능적으로 얼굴을 가렸다. 저쪽 모니터에서 깜빡깜빡 점멸되는 불이 보였다. 내가 오기 전에 먹방을 하고 있었는지 고모의 컴퓨터 책상 앞에는 각종 푸딩들이 너저분하게 놓여 있었다.

"고모, 저거 좀 꺼주시면 안 돼요?"

"깔깔깔깔. 이런 들켜버렸네. 쏘리!"

고모는 내게 윙크를 던지고는 모니터 앞으로 다가갔다.

"여러분! 오늘은 여기까지 할게요. 아, 저 남자요? 그 사람 아니에요. 그 사람은 키도 크고 훨씬 남자답게 생겼어요. 깔깔 깔깔깔. 그럼 저 남자는 누구냐고요? 그건 비밀! 다음 시간에 알려드릴게요."

고모는 화면에 비친 등 뒤로 나를 힐끔 보면서 말했다. 나는 혹시라도 얼굴이 나올까 봐 재빨리 손으로 가렸다.

"그럼 그때까지 우리 마린이 여러분, 안녕! 아, 맞다! 구독과 좋아요 버튼 한 번씩 꼭 눌러주세요. 안 그러면 잡아갈 거야! 깔깔깔깔."

그렇게 자지러지면서 고모는 캠을 껐다. 그동안 얼마나 많이 했는지 장비 만지는 손놀림이 예사롭지 않았다.

"유튜브 하시리라 생각 못 했어요."

"미안해. 네 허락 없이 인터넷에 올려서."

"조금 당황하긴 했어요."

그걸 따지러 왔는데 고모가 너무 순순히 잘못을 인정하는 바람에 더는 할 말이 없어졌다.

"언제부터 하신 거예요?"

"삼 년 조금 넘었지. 저거 한번 볼래?"

고모는 선반 위에 놓인 금판을 가리켰다. 어제 왔을 때부터 궁금했던 금판이었다.

"구독자 수가 백만 명이 넘어서 받은 골드 버튼이야. 대단하지? 깔깔깔깔."

고모의 볼이 탐욕스럽게 올라갔다. 자세히 보니 금판에 플레이 버튼이 각인되어 있었다. 진짜 금인가? 뭔지 잘 몰리도 대단하다는 생각이 들었다.

"근데 어쩌다가 유튜브를 시작하셨어요?"

"그게 말이야. 처음엔 그 사람 찾으려고 영상을 올렸어. 아무리 기다려도 안 오니까……. 내 얼굴이 담긴 영상을 만들면 흘러 흘러 언젠가 그 사람에게 닿을 거라 생각했거든. 그런데 이상한 일이 일어났어. 한두 명씩 내 영상을 보기 시작하더니 점점 구독자가 느는 거야. 전혀 예상 못 했는데."

"댓글이 엄청 많더라고요."

"맞아. 보통 수백, 아니 수천 개가 넘어. 깔깔깔깔."

고모는 믿을 수 없다는 듯 고개를 흔들었다. 눈썹 아래 길게 붙은 속눈썹이 금세라도 떨어질 것만 같았다.

"평생 남들한테 손가락질만 받으며 살았는데……. 또라이라고 주변에 친구 하나도 없었는데……. 이제는 수많은 사람이 내 행동 하나하나에 웃고 떠들어대더라. 빨리 그 사람이랑 만났으면 좋겠다며 매일 수백 개의 팬레터가 쌓이고."

고모는 금판을 어루만지며 천천히 말을 이었다.

"이걸 받았을 때 정말 행복했어. 태어나서 처음으로 내가 뭐라도 된 것 같았거든."

그녀는 사랑에 빠진 표정이 되었다. 스물두 살 때 고모 얼굴이 딱 이러지 않았을까 싶었다.

"근데 넌 내가 진짜 미친년처럼 보여?"

"네……?"

뭐라 답해야 할지 몰랐다. 사실대로 말했다간 다신 저 문 밖으로 못 나갈 수도 있으니까.

"아뇨, 누가 그래요?"

"진짜?"

"네……."

나는 시선을 돌렸다.

"아쉽네, 분발해야겠어."

"네?"

고모는 길게 한숨을 내뱉더니 선반 쪽으로 다가가 위스키를 따랐다. 오늘도 내가 사양하자 그대로 쭉 들이켰다.

"솔직히 요즘 매너리즘에 빠졌어. 사람들이 예전처럼 신선하지 않다네. 댓글도 시원치 않고. 뭘 해야 좀 더 미친년처럼 보일까? 파격적인 뭔가……."

고모는 턱을 괴고 고민에 빠졌다. 내게 아이디어를 갈취하려는 듯 눈빛이 사뭇 진지해졌다.

뭔가 이상했다. 정상적인 사람들이 고모의 비정상적인 행동을 좋아하고 또 열광한다는 게. 또 더 많은 사람들에게 어필하기 위해서 어떻게 더 미칠까 고민하는 게.

"그 남자한테 영상 편지 같은 걸 써보면 어떨까요?"

"안 돼, 너무 약해. 음…… 그럼 혈서라도 써볼까? 그 정도는 되어야 유튜브 각이 나오거든."

고모는 새끼손가락을 깨물며 말했다. 미리 테스트라도 해보는 것 같았다.

"고모, 이렇게까지 하시는 이유가 뭐예요?"

"그야…… 내가 좀 더 유명해지면, 좀 더 돈이 많아지면 그 사람이 올 거니까."

고모는 그렇게 덧붙였다. 사실일까? 일부러 힘줘서 말하는 그녀의 목소리가 괜히 의심스러웠다.

"그럼 그분이 오면 유튜브 그만두실 건가요?"

"그렇지, 당연히 그래야지."

고모는 당연한 걸 왜 묻냐는 투로 답했다. 하지만 이제는 그녀 말을 액면 그대로 믿을 수가 없었다. 이미 그녀는 알고 있는 거다. 그 사람은 절대 오지 않을 거란 걸!

매일매일 웨딩드레스를 입은 채 이십 년을 기다렸지만, 조 그만 기척에도 버선발로 방문을 향해 달려갔지만, 그 남자는 절대 저 하얀 문을 두드리지 않을 거란 것을 그녀는 이미 알고 있는 거다. 아니, 되레 고모는 그 사람이 오지 않기를 바랄지도 모른다. 그래야 사람들이 계속 그녀 영상을 봐줄 거고 이 특이 한 콘셉트를 유지할 수 있으니까. 이미 수백만 명이 지켜보고 있는 상황에서, 그녀는 한 남자의 애정만으로는 절대 만족할 수 없었다. 처음부터 그녀에게 필요한 것은 '관심'이었다.

'좋아요'는 그녀의 단백질이고 '댓글'과 '구독'은 달달한 탄 수화물이었다. 누군가의 클릭 없이는 더 이상 존재의 의미를 찾지 못했다. 그녀는 이미 '공공재'가 되어버린 지 오래였다.

"고모, 할머니 유산은 어떻게 하실 건가요?"

"그게…… 얼마나 되지?"

건조한 목소리로 그녀가 답했다.

"삼백억 조금 넘어요."

"음…… 생각보다는 안 많네. 한번 생각해볼게."

삼백억은 별게 아니라는 것처럼 느껴지는 말투였다. 누가 들으면 집에 갈 때 차비 하라고 쥐여주는 돈인 줄.

"근데 빈아, 이 영상 좀 쓰면 안 되니?"

"어떤 영상이요?"

"지금 너랑 나랑 말하고 있는 영상!"

"뭐예요? 또 찍고 있었어요?"

"응, 깔깔깔깔."

고개를 돌려 살펴보니 웹캠은 여전히 깜빡거리고 있었다. 아까 끈 거 아니었나? 아! 맞다. 리모컨이 있었지?

"네가 싫다고 해도 어차피 쓸 거야. 싫으면 미친년 고소하든지. 깔깔깔깔."

미친 척 연기하는 건지 아니면 진짜 미친 건지 도무지 알 수 없었다. 할 수 없이 잘 편집해달라고 고모에게 말했다. 그녀는 대답 대신 담배 연기로 커다랗고 하얀 링을 만들었다.

며칠 후 변호사에게 연락이 왔다. 할머니의 유품을 정리하다가 알게 된 사실인데, 놀랍게도 할머니는 고모의 유튜브 채널을 구독하고 있었다. 모든 영상에 할머니의 '좋아요' 버튼이 눌려 있었다.

미안해, 비삼아. 그때 널 혼자 두는 게 아니었는데…….

한 번만 만나주면 안 되겠니?

할머니는 댓글로 고모에게 그리움을 표했다. 하지만 고모는 한 번도 답하지 않았다. 할머니를 용서하지 못한 걸까? 아니면 이런 자신을 용서할 수 없었던 것일까? 모르겠다. 이십 년이라는 세월의 질곡이 만든 모녀간의 상처를 되새김질하기에 나는 너무 어렸다. 그래도 하나 확실하게 알 수 있는 건, 두 사람의 외로움과 외로움이 서로 맞닿아 있더라는 것이다. 고독과 아픔은 혼자만의 것이 아니었다. 직접 만날 수는 없었지만 외로웠던 두 여자는 영상을 통해 서로를 위로하고 있었다.

비삼 고모는 결국 상속을 포기했다. 다시 원점으로 돌아가자 할머니의 유산 가지고 누가 얼마만큼 가져야 하는지 한동안 집안 어른들끼리 지독한 설전을 벌였다. 치열한 법정다툼 끝에 나한테도 얼마 떨어졌다. 고모를 설득해서 유산상속을 포기하게 했다며 잘했다고 남들보다 조금 더 챙겨줬단다. 솔직히 내가 한 건 없는데…… 뭐, 주니깐 받았다.

통장을 열어보니 그 안에는 내 또래가 절대 가질 수 없는 금액이 들어 있었다. 그런데 뭐랄까? 생각보다 기쁘지 않았다. 그냥 글자보다 숫자가 좀 더 많을 뿐이었다. 그렇게 멍하니 통장을 보고 있는데 핸드폰 알림이 울렸다. '드레스 마녀' 영상이 업데이트되었단다. 재빨리 클릭해 보니 "300억 유산! 깔끔하게 포기했습니다!"라는 제목의 썸네일이 올라와 있었다. 이미 반응은 폭발적이었다. 순식간에 조회수가 천만 뷰를 돌파했다.

삼백억을 포기한다고? 이 여자 진짜 미쳤구먼.

역시 제정신이 아니야. 살다 살다 처음 보는군.

천만 원만 나 주지. 에휴, 나는 정글짐 아래나 파봐야겠다.

걸 크러시 지대로다! 언니, 당신의 광기 사랑해요!

댓글창은 난리가 났다. 고모를 찬양하는 사람과 욕하는 사람, 수많은 언어가 뒤섞여 시선이 올라오는 글을 못 따라올 정도로 북적거렸다. 고모는 확실히 떴다. 제대로 한 방 친 것이다. 앞으로 그녀는 영원히 네티즌 사이에서 회자될 것이다. 조만간에 고모를 버린 '그 남자'도 보게 되지 않을까?

지금 고모는 뭐 하고 있을지 궁금해졌다. 댓글을 하나씩 읽으면서 깔깔깔깔 웃고 있을까? 아니면 귀밑이 빨개질 정도로 극한의 희열 속에 부들부들 떨고 있을까? 다시 말하지만 고모는 인생에 만루홈런 한 방 제대로 날린 것이다.

통장에서 돈을 꺼내서 서둘러 방송 장비를 샀다. 인간관계에 지쳐 있던 찰나에 잘됐다 싶었다. 며칠 동안 방 안에만 틀어박혀 있었더니 가족이랑 친구들이 혹시 무슨 문제라도 있는지 걱정했다. 나는 서둘러 유튜브 계정을 만들었다. 계정을 만든 지금 이 순간을 기념하기 위해서 탁상시계 유리를 일부러 깨뜨렸다. 시침과 분침은 여섯시 십오분에 멈췄다.

'제가 드레스 마녀랑 같이 춤을 춘 바로 그 남자입니다'란 영상을 찍고, 해시태그로 '드레스 마녀'를 달았다. 한 명이라도 파도 타고 와주길 바라는 마음이었다. 고모의 유명세 덕분일까? 몇 분도 안 되어서 구독자 수는 십만 명이 넘었다.

'와! 이런 기분이구나!'

감전이라도 된 듯 전립선이 찌릿찌릿 떨려왔다. 고모도 이랬던 거였구나! 댓글들을 읽고 있으니 정말 그녀 말대로 '뭐'라도 된 느낌이었다. 그런데 영상이 빈약해서 그런지 반나절이 지났지만 생각보다 조회수는 더 올라가지 않았다. 안 되겠다는 생각이 들었다. 긴급 처방이 필요했다. 서둘러 고모에게 찾아갔다. 하얀색 방문을 활짝 열고는 외쳤다.

"고모! 저랑 합방 하실래요?"

그러자 하얀색 웨딩드레스를 입은 하비삼 고모는 허리를 젖히며 깔깔깔깔 웃었다.

작품 해설

드라마틱한 서사로 풀어낸
딜레마에 빠진 현대인의 초상

_정덕현(문화평론가)

최윤석 작가의 『셜록의 아류』에 담긴 소설들은 빛나는 상상력으로 가득 차 있다. 그 '상상'은 현재 어딘가에서 벌어지고 있을 법한 일들로 펼쳐지기도 하고, 아직은 도래하지 않은 미래 세계의 디스토피아로 그려지기도 한다. 때론 시공간이 불분명해 보이는 우화의 세계 속으로 우리를 인도하기도 하고, 때론 너무나 분명한 현실의 단면들을 우리 앞에 보여주기도 한다.

작가의 필력은 그 세계들에 한번 발을 디디면 헤어 나올 수 없을 정도의 몰입감으로 독자들을 이끄는데, 그건 다름 아닌 예상에서 끝없이 빗나가고 변주되는 반전으로 스토리가 매번 극적전환을 보여주는 데서 나온다. 이는 아무래도 드라마 PD

라는 작가의 또 다른 직업과 연관되어 있다고 생각한다(이건 필자가 드라마 비평을 오래도록 해왔기 때문일 수도 있지만). 최윤석 작가의 소설들은 마치 한 드라마나 영화의 트리트먼트처럼 반짝반짝 빛나는 캐릭터들과 그들의 욕망이 속도감 있게 움직이는 스토리들로 채워져 있다. 그래서 정신없이 그 상상의 질주를 따라가게 된다. 그 헤어날 길 없는 즐거운 미로 같은 길을 빠져나와 되돌아보면, 그 길들은 우리가 마주하고 있는 세계를 허구의 세계로 작가가 그려낸 일종의 조감도였다는 걸 발견하게 된다. 매번 예상을 뒤집는 스토리의 묘미를 극적으로 보여주면서도 그 하나하나가 뭉쳐져 통일된 서사를 구축해내야 하는 드라마 연출의 묘는, 그래서 최윤석 작가의 세계를 빛나게 만든 중요한 요소가 되지 않았을까 싶다. '드라마틱'한 서사라는 표현이 딱 어울리는 세계가 그 안에 있으니.

그 세계는 우리에게 질문을 던진다. AI 같은 데이터를 기반으로 스스로 학습해 결과를 알려주는 신기술은 뭐든 물어보면 답을 주는 새로운 세계로 우리를 인도하고 있고, 이제는 생명을 조작해 탄생시키는 유전자 기술로 의학 기술이 '치유'가 아닌 '창조' 같은 신의 영역을 들여다보고 있는 세상이다. 사람과 사람 사이를 연결해주는 디지털 기술은 너무나 쉽게 관계를 엮어주고, 때론 평범한 이조차 유명인으로 만들어주기도 한다.

그런데 이런 놀랍고도 편리한 멋진 신세계를 꿈꾸게 만드는 기술은 과연 우리를 행복으로 이끌고 있는가?

이 질문은 어찌 보면 이미 답을 갖고 있는 것처럼 보이지만, 그러한 성급한 결론보다 더 중요한 건 그 답을 찾아가는 과정들일 수 있다. 소설의 세계가 좋은 건 그래서다. 저마다의 상상력을 통해 소설이 환기시킨 세계로 들어가 주인공을 따라가는 오디세이 속에서, 우리는 무미건조한 답만으로는 줄 수 없는 체험의 실감을 경험할 수 있다.

큐비즘 같은 파편들이 재구성하는 세계

「얼굴」은 2035년 〈마리 테레즈 발테르의 초상〉 복제품이 걸린 산후조리실에서 이야기를 시작한다. 파블로 피카소가 그린 이 작품은 분절된 얼굴들이 여러 각도에서 재조합되어 이차원에서 삼차원으로 나가는 큐비즘 기법을 담고 있다. 알다시피 큐비즘은 대상에서 형태를 해방시킨 표현 양식이지만, 「얼굴」의 세계가 보여주는 건 이러한 '해방'과는 거리가 멀다. 눈코입을 모두 뗐다 붙였다 할 수 있는 이른바 '패치형 얼굴' 기술이 등장하면서 벌어지는 충격적인 미래상을 그리고 있기 때문이다. 얼굴을 아름답게 바꾸고 싶은 성형의 욕망이 기술과 만나 그려내는 디스토피아. 타임머신을 타고 2055년 미래로 날아간 파블로 피카소는 아비뇽이라는 클럽에서 "온몸을 탈부착할 수 있는" 남녀들의 혼돈 그 자체를 목도한 후 이렇게 메모한다. "남자와 여자, 어쩌면 둘 다 안에서부터 망가진 상태인데 어찌 사랑을 알고 또 사람이라 우길 수 있을까?"(58쪽)

　얼굴을 마음껏 바꿀 수 있다는 신기술이 얼굴의 해방을 보여주는 듯싶지만 정반대로 사람들이 거기에 속박되어 고유의 정체성을 잃어가며 살아가게 되는 그 삶은, 파블로 피카소가 사랑을 담아 연인이자 뮤즈였던 마리 테레즈 발테르를 그린 그 그림 같은 인간적 온기를 찾을 수 없다. 그건 산후조리실에 걸려 있는, 무한히 복제되어 본래의 오라aura를 잃어버린 복제품처럼 유행에 의해 파괴되고 파편화된 삶을 보여준다. 이처럼 「얼굴」은 2035년에서 2055년까지의 미래 세계에 벌어진 풍경들을 그 끔찍한 세계를 탐험하고 온 파블로를 통해 체험하게 함으로써, 현재 우리에게 일어나고 있는 의학 기술의 발전이 가져올 인간의 퇴보를 경고한다. 성형이라는 소재에 집중했지만, 그 기술은 유전자조작 같은 생명의 본질을 건드리는 모든 걸 은유하는 것일 테다.

　「얼굴」은 피카소의 〈마리 테레즈 발테르의 초상〉이나 〈아비뇽의 처녀들〉 같은 작품들이 작가에게 부여한 '인상'과 성형이라는 의학 기술 같은 '소재'가 타임머신을 타고 날아간 미래 세계 같은 'SF적 상상력'과 더해진 작품으로 그 구성 또한 '입체

적'인데, 그것은 최윤석 작가의 작품 세계가 가진 특징이기도 하다. 그는 '셜록 홈스'를 다룬 드라마나 '산타클로스' '루돌프' 같은 일상의 소재에 이어 '파카소' '미켈란젤로의 예술 작품' 혹은 신문 기사에서 봤을 법한 '데이팅 앱'이나 '중고 거래 붐' '유튜브' 열풍 같은 유행이 촉발시킨 상상력의 파편을 새롭게 재구성한다. 이것은 『셜록의 아류』라는 소설집의 구성과도 닮았다. 각각의 단편으로 저마다의 세계가 펼쳐져 있지만 다 읽고 나면 그 단편의 조각들이 하나로 합쳐져 그려내는 우리 시대 현대인들의 초상을 마주할 수 있기 때문이다. 딜레마에 빠져버린 우리들의 일그러진 얼굴을.

신기술과 유행이 야기하는 딜레마들

새로운 능력 혹은 기술을 갖게 된다면 어떤 일들이 벌어질까? 최윤석 작가의 『셜록의 아류』에 담긴 소설들은 그런 상상으로부터 비롯된 다채로운 이야기들을 담고 있다. 각각의 스토리는 현대인들이 갖게 된 어떤 '욕망'들로부터 사건을 발화시키고, 그렇게 발화된 사건은 애초 욕망이 꿈꿨던 것들로부터 빗겨나가는 '반전'의 결과로 이어진다.

표제작인 「셜록의 아류」에서 '현식'이 타인의 과거와 미래를 척척 맞혀 마치 자신이 '신'이 된 것 같은 욕망에 빠지게 되는 건, 어느 날 우연히 접한 드라마 〈셜록〉이 촉발시킨 욕망 때문이다. 미디어가 판타지로 그려낸 이 욕망을 실제로 갖고픈 '현식'은 그래서 갈수록 '적중률'에 집착하게 되고, 어느 순간 예상을 결과로 만들려는 본말이 전도된 '확증편향'의 세계로 빠져든다. 그저 보여지는 단편적인 것들만으로 그 사람에게 벌어진 일들을 줄줄이 맞히는 '셜록 홈스'의 판타지는 "천재"라고 불릴 정도로 흥미진진한 이야기일 수 있지만, 그것이 야기하는 현실은 실제 대상에 대한 소외다. 미디어에 살짝 노출되어 '○○남' '○○녀'로 지칭되며 손가락질받기도 하는 이들을 떠올려보라. 단편적 사실은 대상을 온전히 설명해줄 수 없지만, 우리는 그 짧은 영상 하나로 모든 걸 아는 듯 단정 지으려 하지 않는가. 심지어 실제 사실이 드러나도 되돌려지지 않는 '믿고 싶은 것만 믿는' 세태를 「셜록의 아류」는 풍자한다.

2092년을 배경으로 착한 아이에게는 선물을 주고 나쁜 아이에게는 선물을 주지 않는다는 의미로 '산타클로스'라 불리는 '감시 상벌 시스템'이 존재한다면 어떤 일이 벌어질까를 상상한 「산타클로스」에서도 이러한 욕망의 전도가 등장한다. 아름답지만 완벽하지는 않은 인간인지라 좀 더 완벽한 존재의 도움을 받아야 더 행복할 거라는 취지로 '테슬라'가 만든 '산타클로스'는 갈수록 숭배의 대상이 되어가고, 끝내 그걸 만든 '테슬라'조차 그 기계를 올려다봐야 하는 아이러니에 빠져든다.

빅브라더가 떠오르는 이 '산타클로스'라는 상상은 그래서 데이터 지상주의가 심지어 물신숭배의 지경까지 이르고 있는 현시대의 암울함을 앞으로 도래할 수 있는 패놉티콘 디스토피아로 조망해낸다.

인간을 소외시키고 대신 물신화된 기술들은 이제 사랑이나 연민 같은 인간 고유의 감정까지 상품화하는 세상으로 나아간다. '루돌프'라는 커플 매칭 데이팅 앱을 통해 '차준영'이라는 남자를 만나 '찬실'이 겪는 사건을 다룬 「루돌프에서 만나요!」는 이제 상품에 매겨지던 별점과 후기가 사람에게도 적용되는 세태를 날카롭게 풍자한다. '찬실'의 시선을 따라가다 보면 온기가 느껴지는 바로 지척에 있는 사람보다 디지털 세상이 갖가지 수치와 이미지로 판타지화한 사람들에 시선을 옮기게 함으로써, 그만큼 소외되는 현대인의 외로운 삶의 실체를 마주하게 된다. 「루돌프에서 만나요!」의 연작처럼 이어지는 「불로소득不勞所得」에서는 이른바 '가난 포르노'라고 지칭되기도 하는, 연민마저 상품화하는 세상에 대한 풍자가 펼쳐진다. 한때 유행하기도 했던, 가난을 공개하는 대가로 집을 고쳐주는 식의 방송프로그램들이 떠오르는 작품이다.

결국 신기술이든 새로운 능력이든 그것은 처음에는 재능처럼 보이지만, 차츰 그 결과는 재앙 같은 대혼돈으로 바뀐다. 「커스트랄로피테쿠스」는 어느 날 말을 하는 커피가 등장해 방송에 소개되면서 큰 인기를 끌게 되지만 '말하는 커피'들로 세상이 가득 채워지면서 벌어지는 사건을 통해, 본질을 벗어난 것들이 마주하게 되는 대혼돈을 그린 우화다. 커피가 '말'을 한다는 것이 특별한 재능으로 여겨지고 그래서 인기도 얻고 돈도 벌지만 '모든 커피'들이 '말'을 하고 '인격화'되기 시작하면서 자연스러운 생태계는 깨지게 된다. 이 우화에는 커피에 빗댄 여러 가지 인간 문명의 단상이 은유되어 있는데, 유행에 경도되는 세상이나 제 이익만을 주장하는 정치화의 문제, 자본이 착취하는 노동의 문제, 지나친 인격화나 생각의 범람이 만들어내는 자연으로부터 멀어지는 인간의 문제 같은 것들이 그것이다. 그중에서도 무엇보다 반짝이는 건 에티오피아 예가체프나 케냐AA처럼 커피 한잔을 마시는 것이 점점 유행화되며 마치 인격을 가진 인간이라면 반드시 해야 할 것들처럼 경도되는 세상에 대한 풍자다. 유니콘 벨크로 운동화를 신거나 인어공주 크레파스를 사려 하고 히말라야 크리스털 워터를 마시는 것이 그 사람의 인격을 말해주는 듯싶지만, 사실 그건 유행에 중독되어 끊지 못하는 삶이라는 걸 작가는 날카롭게 꼬집는다.

「하비삼의 왈츠」는 유튜브에 경도되어 '미친 짓'에 빠져 드레스 마녀가 된 '하비삼'의 이야기를 통해, 유행에 중독된 세상의 단면을 보여준다. 절대로 오지 않을 남자를 기다리며 그 빈

자리를 '구독'과 '좋아요'로 채우기 위해 스스로 성에 자신을 가두고 '미친 짓'에 더더욱 매달리는 '하비삼'의 모습은 우리들의 씁쓸한 자화상 그대로다. '할머니'와 '하비삼'이 그러했듯이 직접 만나지 못하고 '좋아요' 버튼이나 '댓글'로 전하는 마음들은 결국 서로의 "외로움과 외로움"이 맞닿아 있을 뿐이다.

작가의 눈에 비춰진 그로테스크한 세상

우리에게는 어느새 일상으로 받아들여져 그다지 이상하게 여기지 않게 된 어떤 것들이, 최윤석 작가의 눈에는 그로테스크한 세상으로 비춰진다. 갈수록 첨단화되어가는 성형술로 얼굴을 고치는 일이나 확증편향과 인지부조화에 빠진 사람들, 데이터를 숭배하는 세상이나 연애 매칭 앱으로 이어지는 관계, 연민이나 가난도 상품화되고 심지어 미친 짓도 팔리는 '유행에 경도된 사회' 같은 것들이 그것이다. 피카소의 복제품처럼 본질의 오라는 사라지고 그저 뒤틀리기만 한 그로테스크한 세상에 과연 구원은 있을까.

마치 파트리크 쥐스킨트의 『향수』 같은 예술가이자 살인자의 초상이 떠오르는 「고물 영감 이야기」는 고물처럼 타락한 세상에서 자신은 물론이고 세상을 구원하려는 예술이 맞닥뜨리게 되는 딜레마를 그로테스크한 스토리로 그린 작품이다. 인간을 위한 작품이 아닌 '신'을 위한 작품을 만들려는 '고물 영감'의 집착 혹은 예술혼은 결국 순수한 소녀를 살해하는 것으로 완성되는데, 그건 신의 관점으로는 〈피에타〉의 예수 같은 구원과 대속의 의미를 갖지만 인간의 관점으로는 또 다른 살인이다. 즉, '고물 영감'은 신 앞에 죄를 용서받기 위해 죄를 짓는 딜레마에 빠져 있는데, 그건 아이러니가 아닐 수 없다.

이처럼 최윤석 작가는 구원조차 뒤틀어진 세상을 조감한다. 그건 마치 부조리한 현실에서는 미력할 수밖에 없는 인간이 그 어떤 해결도 찾아내기 어려운 것들을, 작가가 소설 속으로 가져온 느낌이다. 소설이라는 세계 속에서 작가는 '신'적인 위치에서, 현실에서 가져온 부조리한 조각들을 맞춰 하나의 세계를 완성하려 한다. 물론 그건 그로테스크한 세계로 그려지지만 독자들은 잠시 현실 바깥으로 나와 작가가 부여한 '내려다보는 시선'으로 세상을 조망하는 경험을 갖게 된다. 그건 마치 '고물 영감'이 재소자들의 고물을 가져다 만들어낸 거대한 '크리스마스트리' 같은 형상이다. 분절되고 파편화된 삶의 조각들을 모아 세운 '딜레마에 빠진 현대인'들의 '일그러진 초상'. 그것이 반짝이는 상상력의 씨실과 드라마틱한 구성의 날실로 하나하나 꿰매져 세워진 『셜록의 아류』라는 작품집의 세계다.

작가의 말

내 소설의 대부분은 조각으로부터 시작되었다. 그리고 그 조각의 대부분은 꿈에서부터 비롯되었다. 자기 전 나는 베개 옆에 수첩과 펜을 두고 잔다. 마치 영화관에서 팝콘을 살 때처럼 오늘은 어떤 꿈을 꿀까 두근거리며 잠이 들곤 한다. 대부분이 별 볼일 없는 꿈이지만, 그래도 가끔은 '와, 이거 재미있다!' 싶을 때가 있다. 그럴 때면 깨자마자 펜을 들고 수첩에 생각나는 대로 휘갈긴다. 하지만 기억이란 얼마나 휘발성이 강한지! 급속도로 사라지는 기억과 어떻게든 기억해내려는 안간힘 속에서 사투를 벌이는 가운데 이야기 조각들은 조금씩 퍼즐처럼 맞춰져간다.

「하비샴의 왈츠」는 박정현의 노래 〈하비샴의 왈츠〉를 들으며 잠자다가 떠오른 이미지를 옮긴 것이고, 「커스트랄로피테쿠스」도 커피가 신나게 랩을 하는 꿈에서 영감을 얻었다. 언젠가 책에서 '아인슈타인'과 '파블로 피카소'가 친구였다는 글을 본 적 있는데, 그게 꿈에 나왔고 결국 「얼굴」이라는 소설이 되었다. 이렇게 나는 여러모로 꿈에 빚졌다.

하지만 아무 맥락 없이 영감이 찾아오는 순간도 있었다. 어느 날 한 선배가 "이 나이 되니까 심란한 것보다 문란한 게 낫더라!"라고 말씀하셨는데, 자조 섞인 그 말이 뇌리에 딱 꽂혔다. 그날 퇴근하자마자 노트북을 켜고 정신없이 키보드를 눌렀고, 그게 바로 「루돌프에서 만나요!」가 되었다. 주인공을 누구로 할까 고민하다가 예전에 재미있게 봤던 영화 〈찬실이는 복도 많지〉의 주인공 '찬실'을 떠올렸다. 실제로 영화 속 그 역할을 맡았던 강말금 누나에게 소설을 보여준 적 있는데, 자기라면 이렇게 했을 거라며 디테일한 조언을 해주셨다.

「불로소득不勞所得」과 「고물 영감 이야기」는 분노에서 시작된 이야기다. '화성연쇄살인사건'과 '계곡 살인사건' 기사를 읽다 보니 인간의 본성과 원죄에 대한 근원적인 질문이 생겼다. 그래서 나만의 방식대로 스토리와 캐릭터를 창조해보았다.

그리고 「셜록의 아류」는 어찌 보면 나와 제일 닮아 있는 글이다(물론 주인공 '현식'처럼 누군가를 따라간 적도 없고 또 누군가를 스토킹한 적도 없지만). '현식'처럼 나도 어렸을 때는 주위의 많은 기대를 받았으나, 시간이 흐르고 흘러 결국 그저 그런 평범한 어른이 되고 말았다. 주변의 반짝이는 천재들을 바라보며 스스로에게 '나는 왜 타고나지 못했을까?'라는 질문을 던졌고, 그런 열등감의 발로가 먼지처럼 쌓이고 쌓여 이 소설이 되었다. '현식'의 광기와 집착은 사랑하지 않지만 그래도 그의 관찰력 하나는 닮고 싶다. 지하철을 탔을 때나 새로운 사람을 만났을 때 '현식'처럼 상대의 현재, 과거, 미래를 다 알 수만 있다면 소설 쓸 때마다 이렇게 골머리를 앓지 않아도 되니까.

그래도 할 수만 있다면 평생 이야기를 좇는 사람이 되고 싶다. 소설로, 에세이로, 때론 영화나 드라마로. 진정으로 누군가를 울리고, 웃기고, 놀라게 할 수만 있다면 그것보다 더 큰 희열은 없을 것 같다. 개인적으로 '진심은 하나다!'라는 말을 좋아하지 않는다. 내 경험상 진심은 여러 개일 가능성이 크니까. 사람을 좋아하는 동시에 미워할 수 있고, 그 사람에게 복수하고 싶은 동시에 품에 안기고 싶은 게 우리 본성이니까. 이 소설 역시 그렇다. 답을 바라고 쓴 소설은 아니니 독자분들께서 느끼는 그대로 받아들이셨으면 좋겠다.

마지막으로 내 단편소설들을 세상에 처음 나올 수 있게 용기를 주신 자음과모음 박진혜 부장님, 박서령 편집자님께도 진심으로 감사하다고 전하고 싶다. 오늘 밤도 두 눈을 감고, 두 근거리는 마음으로 새로 상영될 꿈을 기다려본다. 혼자 보기에는 너무나도 아까운, 그런 꿈을 꾸면 좋겠다.

2024
최윤석

셜록의 아류
© 최윤석, 2024

초판 1쇄 인쇄일 2024년 3월 12일
초판 1쇄 발행일 2024년 3월 20일

지은이   최윤석
펴낸이   정은영
편집   박서령 박진혜 정사라
디자인   이선희
마케팅   최금순 이언영 연병선 최문실 이유빈
제작   홍동근

펴낸곳   네오북스
출판등록 2013년 4월 19일 제2013-000123호
주소   04047 서울시 마포구 양화로6길 49
전화   편집부 (02)324-2347, 경영지원부 (02)325-6047
팩스   편집부 (02)324-2348, 경영지원부 (02)2648-1311
이메일   neofiction@jamobook.com

ISBN 979-11-5740-404-9 (03810)

KOMCA 승인필